스피노자의
진료실

박수현 옮김

나쓰카와 소스케 장편소설

스피노자의
진료실

알토북스

차례

제1화
한여름 한낮을 걷다

한여름날 오후.

검은 기와를 구울 기세로 내리쬐는 햇살에 옛 수도의 길목에는 아지랑이가 피어오르고, 새벽부터 길에 뿌린 물도 완전히 말라 아스팔트가 하얗게 빛나고 있다. 고양이가 나무 창살 틈으로 더위를 피해 처마 끝을 따라 걷는 행인들을 나른하게 바라본다.

대로에서 벗어난 후미진 주택가는 조용했다. 호코지 사찰과 가까운 이곳은 민가와 목조 건물, 낮은 아파트가 옹기종기 늘어서 있지만 출퇴근 시간만 제외하면 인적이 드물었다. 이따금 넓지 않은 차도를 택배 자전거가 달그락거리며 지나갈 뿐이다.

그 조용한 오후, 마치 데쓰로는 왕진을 나왔다.

"변함없네요, 사카자키 씨."

앙상한 가슴에서 청진기를 떼며 데쓰로가 말했다.

사카자키 씨는 얇은 이불 위에 누운 채 야윈 볼을 움직였다.

"변함없어도 이제 그리 길지 않겠죠? 남은 수명이 한 달, 아님 두 달 정도 되려나요?"

데쓰로는 어려운 질문을 받은 양 드문드문 섞인 흰머리가 섞인 머리를 긁적였다.

"늘 드리는 말씀이지만 의사가 얘기하는 남은 수명처럼 불확실한 게 없어요. 여러 환자분을 봐 왔지만 남은 수명을 예측해서 맞은 적이 한 번도 없거든요."

데쓰로가 청진기를 왕진 가방에 집어넣으며 말을 이었다.

"2개월 정도는 버티리라 생각했던 분이 일주일 안에 갑자기 나빠지기도 하고, 반년 내로 예상한 분이 1년 이상 사시기도 해요."

사카자키 씨는 쓴웃음을 지었다.

"알 수 없는 일이군요."

"알 수 없는 일이지요."

데쓰로는 펜을 들고 진료 기록부에 소견을 적었다.

사카자키 유키오, 74세, 남성, 진단명 위암, 4기.

사카자키의 암세포는 이미 간으로 전이되어 황달 증세까지 보인다. 지난해부터 항암제에 심한 부작용을 보여 본인의 의사에 따라 치료를 중단했다. 그로부터 벌써 반년이 지났다. 지금은 가까스로 조금씩 움직이며 자택에서 생활하는 그를 위해 데쓰로가 왕진을 온다. 왕진이라 해서 특별한 건 아니고 2주에 한 번씩 들러 간단하게 진찰하고 대화를 주고받는 것뿐이다.

"당신, 또 마치 선생님을 괴롭히고 있는 거예요?"

쾌활한 목소리의 주인공은 사카자키의 아내다. 사카자키 메이코는 투병으로 살이 빠져 뼈와 가죽만 남은 남편과는 너무나 대조적으로 살집이 좋고 체격이 풍만하다.

"괴롭히기는 무슨. 그저 내 마지막을 이 다다미 위에서 맞게 해 달라고 부탁했을 뿐이야."

"또 그런 재수 없는 말을⋯. 병은 마음에서 온다고 하잖아요. 마음이 약해지면 그만큼 빨리 데리러 올 거라고요, 그렇죠, 선생님?"

그녀의 말에는 배려와 초조함, 체념이 골고루 담겨 있었다. 요컨대 최선을 다해 아픈 남편의 곁을 지켜 온 사람의 무장된 정신력이다.

"그렇죠."

대답을 마친 데쓰로는 눈부신 햇살이 들어오는 장지문으로 시선을 돌렸다. 아래 절반이 유리로 된 문 너머로 마당이 보였다. 나무와 산울타리로 이루어진 마당은 의외로 넓었다. 마당 한구석을 화사한 연분홍빛으로 물들인 꽃은 때늦게 핀 작약이었다.

"올여름은 더 더워질 거래요."

사카자키 씨가 체념한 듯 말했다.

"그렇다더군요. 병원에서도 다음 주에 열리는 기온 마쓰리의 전야제 때 열사병으로 실려 오는 사람이 늘어날지 모른다는 얘기가 나왔어요."

"조심해야겠네요. 더위 때문에 저승사자한테 끌려가기는 싫거든요."

"당연하죠."

데쓰로는 조용히 웃었다.

"저승사자도 이번 여름에는 바빠서 사카자키 씨한테 올 여력이 없을 거예요."

메이코가 탁자에 유리잔과 작은 청자 접시를 내려놓으며 말을 덧붙였다.

"그렇게 되면 앞으로도 계속 선생님을 귀찮게 하겠네요."

시원한 녹차와 와라비모치가 여름의 정취를 물씬 풍긴다.

"잠깐 쉬었다 가세요. 남편이 안 먹으니까 제가 다 먹어서 살이 찐다니까요."

메이코 말에 데쓰로는 와라비모치를 이쑤시개로 찍어 입에 물었다. 입안에서 사르르 녹는 떡의 식감과 흑설탕 시럽의 달콤함이 더위를 식혀 주었다.

"하나 더 드세요."

단것을 좋아하는 데쓰로의 입맛을 잘 아는 메이코였다. 4개월 가까이 왕진을 오다 보니 서로 사소한 것까지 알게 된 것이다. 데쓰로는 환자 옆에서 과자를 먹는 태도가 옳은지 모르겠지만, 너무 조심하는 것도 어색해서 적당히 어울려 주었다. 다만, 사카자키 씨의 병의 경과에 따라 태도가 바뀌지 않도록 유의했다. 암이 3기에서 4기로 진행되었다고 환자의 눈에 비치는 세상의 색깔까지 달라지지는 않으니까.

밖에서 들려오는 풍경 소리에 이끌리듯 사카자키가 힘겹게 몸을 일으켰다.

"그건 그렇고 이리 더우면 왕진하는 선생님도 힘들겠어요."

"무슨 말을 하는 거예요, 당신?"

메이코가 잽싸게 끼어들었다.

"선생님을 우리 같은 늙은이랑 똑같이 취급하면 실례죠."

"하지만 선생님도 그리 젊지 않잖아. 사람은 마흔이 넘어가면 갑자기 체력이 뚝 떨어진다고. 안 그래요, 선생님?"

"제가 좀 늙어 보이긴 하죠? 하지만 아직 서른여덟이랍니다."

부부는 놀란 표정으로 서로를 마주 보았다.

"신경 쓰지 마세요. 자주 있는 일이에요."

데쓰로가 긁적이는 머리에는 흰머리가 제법 많았다. 새치는 그가 의학을 공부하던 시절부터 나기 시작했다. 덕분에 사람들은 나이가 훨씬 많은 줄로 착각한다. 그러나 데쓰로는 신경 쓰지 않는다. 직업상 나이가 들어 보인다고 꼭 손해 보는 것만은 아니라서 구태여 사실을 밝히지 않는 편이다.

대단히 실례했다며 메이코가 곤혹스러워하던 그때, 데쓰로의 휴대전화가 울렸다.

"병원의 호출이네요. 죄송해요."

데쓰로가 일어섰다.

"2주 후에 다시 찾아뵐게요. 통증이 있을 땐 참지 마시고 언제든지 병원으로 연락하세요. 저한테 바로 연결해 줄 테니까요."

데쓰로는 가방을 겨드랑이에 끼며 가볍게 인사했다.

밖으로 나오자 곧바로 강렬한 햇볕이 내리쬔다. 이마에 손을 얹고 하늘을 올려다보니 남쪽 하늘 저 멀리에 소나기구름이 잔뜩 떠 있다.

'곧 소나기가 오려나?'

걱정스럽게 중얼거렸지만 사실 마음에 더 걸린 건 오후의 소나기가 아닌 사카자키의 병세였다. 항암제 치료를 중단한 지 수개월이 지나다 보니 식욕 저하가 두드러지면서 급속도로 살이 빠지기 시작했다. 이번 여름을 넘기기 어려울 것 같다.

데쓰로는 깊은숨을 내쉬며 갈 길을 재촉했다. 맞은편 집 처마 밑에는 밀짚모자를 쓴 노인이 접이식 의자에 걸터앉아 담배를 물고 있었다. 노인 옆으로 꽃필 시기를 맞은 반하半夏가 산뜻한 초록색과 흰색을 뿜어내며 바람에 몸을 흔들어댔다. 투명하고 새하얀 잎과 사랑스러운 작은 꽃이 노인의 무뚝뚝한 태도와 선명한 대조를 이루며 보는 사람의 미소를 불러냈다.

데쓰로는 노인에게 살짝 고개 숙여주고 자전거의 바구니에 왕진 가방을 실었다. 그리고 다리에 힘을 주며 페달을 밟았다.

마치 데쓰로는 교토 시내에서 일하는 내과 의사다. 우여곡절 끝에 지금의 교토로 거주지를 옮긴 지는 6년 정도 되었다. 원래는 도쿄에서 태어나 그곳에서 대학 의학부를 졸업했다.

의사로서 가장 물이 오르는 30대 후반에 접어든 그가 근무하는 곳은 고도의 의료 기술을 습득하거나 후배를 지도하는 데 시간을 쫓기는 큰 병원이 아니다. 시내의 작은 병원이다.

교토의 여름은 무척 덥다. 삼면이 가모가와, 가쓰라가와, 우지가와의 세 강으로 둘러싸인 분지 지형이라 습기와 열기로 가득하다. 여름의 풍아한 맛과 흥취라곤 조금도 찾아볼 수 없다. 그저 늘어지는 답답함만이 존재할 뿐이다.

데쓰로의 자전거는 햇볕이 내리쬐는 쇼멘 거리의 비탈길을 타고 내려와 가모가와를 건너 얽히고설킨 골목길을 달린다. 열기가 자욱한 거리에서 자전거 페달을 밟는 데쓰로의 이마에 땀이 배어 나온다.

더 널찍한 고조 거리를 건너면 다카쓰지, 마쓰바라, 만주지 등 예스러운 이름의 골목이 나온다. 검게 빛나는 나무 창살이 달린 민가 사이에 세련된 고급 빌라가 들어서 있고, 호화로운 전통 일본식 집 옆에는 막 새로 지은 상업 빌딩이 우뚝 솟아 있다. 나무문에 포렴布簾을 내건 불교용품점도 있고, 통유리로 꾸민 다방도 있으며, 회반죽 담을 둘러친 된장 가게도 있고, 붉은 벽돌로 지어진 약국도 있다. 다양한 시대의 산물이 어우러져 동거하는 풍경은 이곳에서만 볼 수 있다.

이윽고 '하라다병원'의 낡은 간판이 보였다. 소화기 질환을 전문으로 내걸고 48개 병상의 소규모 병동을 갖춘 데쓰로의 근무처다. 구색만 갖춘 주차장으로 둘러싸인 투박한 5층짜리 철근 건물이지만 주위를 압도하고 있다.

데쓰로는 직원용 자전거 주차장에 자전거를 세웠다.

시원하게 냉방 중인 원내로 들어서자 체격 좋은 외과 의사 나베시마 오사무가 뒤돌아봤다.

"오, 마치. 엄청나게 빨리 왔네!"

활기 넘치는 목소리다.

나베시마는 50대 중반의 베테랑 외과 의사로 병원장이다. 나이에 비해 체구가 당당하고 언제나 에너지가 넘친다.

"토혈 환자가 왔다고 주조 선생님이 전화했던데요…."

"아, 마트에서 실려 온 온 환자야. 갑자기 쓰러져 피를 토했다더라고. 가까이 있던 손님이 깜짝 놀라서 데려왔어. 지금은 응급 외래에 있어."

"바이털vital은 괜찮아요?"

병원 냉방 덕분에 데쓰로 이마에 났던 땀이 금세 가셨다.

"혈압은 90, 도착했을 때는 의식이 거의 없었는데 수액 맞고 조금씩 돌아오고 있어. 출혈량이 많아서 수혈도 오더해 놨고."

"위궤양일까요?"

"단순한 알코올 중독이야."

갑자기 문이 열리고 몸집이 작은 여성 의사가 얼굴을 내밀었다. 나베시마의 후배이자 외과 의사인 주조 아야다. 데쓰로보다 연상이지만 아직 정확한 나이는 모른다. 주조의 황갈색 단발머리 너머로 응급 외래에서 분주하게 돌아다니는 간호사들이 보였다.

주조가 엄지로 등 뒤를 가리키며 설명했다.

"대낮부터 술 마시고 취했나 봐. 황달도 보이고 아주 살짝 암모니아 냄새도 나는 게 알코올성 간경변증 같아. 그것도 오래 방치된 유형."

"그렇다면 바릭스 럽처varix rupture(식도정맥류 파열)로군요."

"바로 그거야. 그래서 마쓰 선생에게 전화했지. 서둘러 내시경을 하는 게 좋을 거야. 그냥 두면 죽을지도 몰라."

주조는 시원시원한 말투에 무서운 이야기를 담았다.

몸집이 작은 주조는 평균 키를 가진 데쓰로보다 머리통 하나만큼 키가 작았다. 몸집이 큰 나베시마와 견주면 키 차이가 한층 더 두드러진다. 하지만 임상 경험이 많아 환자를 보는 통찰력과 행동력만큼은 나베시마 못지않다.

식도정맥류 파열은 종종 간경변증 환자가 갑작스럽게 대량 출

15

혈을 일으키는 위험한 질환이라 상태가 갑자기 악화해 사망하는 사례도 적지 않다. 평소 꾸준히 통원 치료받으면 파열을 예방할 수 있는데, 치료받지 않고 계속 술을 마시다 갑자기 토혈하며 실려 오는 환자가 간간이 있다. 어찌 됐든 내시경은 소화기내과인 데쓰로 담당이다.

"뒤를 맡겨도 되지? 나는 이제 원장님이랑 위에서 담적(담낭적출술)에 들어가야 하거든."

"네. 이제 제가 맡을게요."

"잘 부탁해."

팔랑팔랑 손을 흔드는 주조에게 원장이 말을 건넸다.

"그럼, 아야 짱, 우리는 수술하러 갈까?"

"원장님, 그렇게 부르지 마시라고요."

"알았어, 알았어, 그럼 가 볼까, 대장님."

"그것도 싫어요. 그냥 주조라고 부르세요."

두 외과 의사가 티격태격하며 계단을 올라갔다.

하라다병원은 큰 병원은 1층에는 외래와 내시경실을, 2층에는 전신마취가 가능한 수술실도 갖추고 있다. 인근 대학 병원에서 비상근 마취과 의사를 불러 담석과 서혜헤르니아inguinal hernia 수술 외에도 가끔 위암이나 대장암 수술도 한다.

데쓰로가 응급실로 발걸음을 옮기자 황달과 토혈로 얼룩진 중년 남성이 보였다.

"환자는 쓰지 신지로, 72세 남성입니다."

외래 간호과장인 쓰치다 이사무가 다가와 보고했다. 그는 하라다병원에서 오래 근무한 40대 중반의 풍채가 좋은 남자 간호사다. 해마다 착실히 늘어가는 뱃살 때문에 고민인데 나베시마는 둥그런 배가 긴박감이 감도는 상황을 진정시키는 효과를 발휘한다고 위로한다.

물론 쓰치다는 절대 동의하지 않는다.

"참고로 환자한테 보험증은 없었어요. 다행히 지갑에 기한이 만료된 면허증이 있어 그걸로 확인했어요."

쓰치다가 눈짓으로 옆 트롤리를 가리켰다.

유광 스테인리스 트롤리 위에는 닳아 떨어진 지갑과 누런 면허증이 올려져 있었다. 쓰치다의 말대로 기한이 만료된 지 몇 년이나 지나 색이 바랜 면허증 사진은 환자 본인임을 겨우 알아볼 수 있을 정도였다. 면허증 뒷면에 기재된 주소 변경 기록도 지금 사는 곳의 주소라고 확신할 수 없었다.

"이름과 생년월일을 알아낸 것만으로도 감사한 경우죠."

역시 경험이 풍부한 외래 간호과장은 이 정도 일로 당황하는 일이 없다.

"그러게요. 개인정보는 충분한 것 같네요. 충분하지 않은 건 혈압 쪽인가요?"

데쓰로는 모니터로 시선을 돌렸다. 최고 혈압이 90으로 상당히 불안하다.

"제 말이 들리시나요, 쓰지 씨?"

때 묻은 티셔츠를 입은 남성의 턱수염 주위에 끈적끈적한 검붉은 혈액이 달라붙어 있었다.

"어…, 들려."

대답은 했어도 여전히 멍한 것이 아직 상황 파악이 안 되는 모양이다.

"여기는 병원이에요. 하라다병원."

"아까도 누가 병원이랬는데. 당신이 의사야?"

데쓰로의 의사 가운을 알아본 듯했다.

"마트에서 갑자기 쓰러지신 모양이에요."

"내가 쓰러졌다고?"

"가까이 있던 다른 손님이 데려다 주셨대요."

"아….."

데쓰로는 대화를 나누면서 눈과 손을 움직여 환자를 진찰했다.

결막을 확인하고 배와 다리를 차례로 촉진했다. 황달과 빈혈 증상을 보이고 복수의 파동이 있다. 발등의 부종도 눈에 띈다. 주조의 말대로 완성된 간경변증이다.

"으와."

피투성이가 된 쓰지가 자기 오른손을 보며 기묘한 소리를 내질렀다.

"이거 왜 이래, 새빨갛잖아!"

"누워 계세요. 토혈하셨잖아요."

"토혈?"

쓰지 씨의 눈이 휘둥그레졌다.

아직 체내에 남은 술기운 때문인지 행동이나 말이 어눌했다.

데쓰로는 옆에 있던 노트북 화면에 혈액 검사 결과를 띄웠다. 신체 진찰 소견을 뒷받침하는 새빨간 수치가 즐비했다. 복부 CT 영상도 빠짐없이 찍어 놓은 걸로 봐서 일 처리가 깔끔한 주조의 솜씨다. 데쓰로는 마우스를 움직여 복강 내 영상을 돌렸다.

"위에도 혈액이 가득해요."

"토혈이 뭔가, 선생?"

"입으로 피를 토했다는 거죠. 그건 그렇고 헤모글로빈이 7이라니, 많이 빠져나갔어요."

"많이 빠져나갔다니? 이 시뻘건 게 다 내가 토한 거야?"

"그렇죠, 적어도 제가 토한 건 아니에요."

시큰둥하게 대꾸하고 데쓰로는 CT 영상에 집중했다.

쓰치다가 재빨리 대화에 끼어들었다.

"지금 쓰지 씨에게 수혈과 응급 내시경이 필요한 상태라는 말이에요."

"내시경?"

"응급 위내시경 검사요, 이해되시나요?"

"위내시경 검사? 어째서?"

데쓰로가 쓰지 씨를 향해 진지하게 입을 뗐다.

"위나 식도에 출혈이 있을 수 있어요. 내시경으로 보고 출혈이 멎도록 처치해야 해요."

"어… 그렇지만…. 난 돈이 없는데. 그래도 괜찮아?"

쓰지가 누런 이마에 주름을 잡았다.

"괜찮지 않아요."

쓰치다가 냉정하게 대꾸했다. 그리고 이내 쓰지 가까이 몸을 숙이더니 조그맣게 말했다.

"그렇지만 금전적으로 문제가 있다면 나중에 사회복지사를 부를 테니 지금은 걱정하지 않으셔도 돼요. 어쨌든 돈이 없다는 이유로 치료하지 않는 일은 없어요."

역시 쓰치다는 능숙했다.

돌연 모니터에서 날카로운 경고음을 울렸다. 느슨해지려는 응급실의 분위기가 단숨에 팽팽해졌다.

"일단 수액 하나 더 연결해."

데쓰로가 지시하자 곧바로 간호사들이 움직였다.

"혈압이 더 떨어지면 응급용 O형 혈액을 크로스 매치cross match test(교차 적합 시험) 없이 넣자고. 내시경실은?"

"준비됐어요."

"혹시 모르니 SB 튜브sengstaken blakemore tube도 준비해 줘."

"선생님, 나 지금 위험한가요?"

쓰지의 말투가 다소 온순해졌다. 자신이 심상치 않은 사태임을 이해한 모양이다.

"위험하지 않다고 하면 거짓말이지만…"

데쓰로가 오른손으로 머리를 가볍게 긁적이며 돌아봤다.

"괜찮을 거예요."

피범벅인 현장에 어울리지 않는 말을 남기고 데쓰로는 그대로 응급실을 나갔다.

혈압이 낮다는 알람이 계속 울려댔다. 이 와중에도 쓰치다를 비롯한 간호사들은 서두르거나 소란을 피우지 않고 기록, 연락, 수액 준비 등 각자의 임무를 수행했다. 분주함은 있지만 혼란과 초조함은 없다.

쓰지가 불안한 눈빛으로 쓰치다를 쳐다봤다.

"저기, 총각…"

"쓰치다라고 해요."

"나 상당히 위험한 거지?"

"괜찮아요."

쓰치다의 답은 명료했다.

"마치 선생님은 괜찮지 않은 환자에게 괜찮다고 말하지 않아요. 그러니까…"

그는 말하면서도 단말기에서 눈을 떼지 않았다.

비로소 모니터의 경고음이 멈췄다.

쓰지는 왠지 모르게 마음이 아주 든든해졌다.

"이 병원은 뭔가 특이하구먼."

"그런 말씀 많이들 하세요."

쓰치다는 희미한 미소를 지으며 대답했다.

하라다병원에는 다섯 명의 상근 의사가 있다. 말이 다섯이지 이사장을 맡은 하라다 햐쿠조는 70살이 다 되어 지금은 관리 업무만 볼 뿐이다. 임상 현장은 오로지 네 명의 의사가 전적으로 맡는다. 그 네 명은 외과의 나베시마 오사무와 주조 아야, 내과의 마치 데쓰로와 아키시카 준노스케다.

그날 저녁, 데쓰로는 PHS에 걸려 온 전화를 받았다. 상대는 아키시카였다.

"간 장애 환자 증상으로 상의 좀 드리고 싶어요."

"알았어요. 바로 갈게요."

"아, 서두르지 않으셔도 돼요. 3층 병동에 있으니까 편하실 때 오세요."

데쓰로가 PHS의 통화 종료 버튼을 누르자 쓰치다가 과자가 담긴 쟁반을 들고 왔다.

"선생님은 여전히 바쁘시네요."

"감사한 일이죠. 아무리 불경기여도 실업 걱정은 안 해도 되니까요."

"아무리 그래도 오전에 왕진 나가고, 낮에는 쓰지 씨의 응급 내시경 때문에 호출되고, 그대로 오후 검사에 들어갔으니 잠시도 쉬지도 못하신 거잖아요."

테이블에 내려놓은 쟁반을 본 데쓰로가 반가운 듯 몸을 굽혔다.

"이거 기타노의 조고로모치 아니에요?"

"맞아요."

"어쩐 일이래요?"

"오전에 기타노하쿠바이초에 나갔다가 사 왔어요."

데쓰로는 주저 없이 손을 뻗어 새하얀 떡을 집어 들었다.

"선생님을 위해 일부러 사 온 거예요. 저한테 감사하셔야 해요."

"물론이죠. 멋진 간호과장님 덕분에 오늘 처치도 잘 끝났는데 고마울 따름이죠."

데쓰로는 우물우물 씹으면서 벌써 왼손으로 두 번째 떡을 집어 들었다.

탁구공만 한 떡은 기타노텐만구의 명물 중 하나로 눈처럼 하얀 떡의 피와 단맛을 줄인 으깬 팥소가 일품이다. 엄선한 자연의 소재를 사용하여 부드럽게 녹아내리는 듯한 식감을 자랑하는 떡의 피와 잡맛이 없는 맑은 단맛을 낸 앙금의 조합이 이루어 낸 희대의 별미다.

"천천히 드세요."

쓰치다가 웃었다.

"무슨 말씀을. 소비기한이 이틀밖에 안 되는 명품인걸요. 늦게 먹을수록 맛이 떨어져요."

데쓰로가 단것을 한없이 좋아한다는 사실을 아는 쓰치다가 고개를 절래절래 저었다.

"얼마 전에도 환자분한테 나카타니의 뎃치양갱을 얻어먹으셨잖아요. 적당히 먹지 않으면 혈당 수치가 올라갈 거예요."

"그러게요, 과장님처럼 배가 나오면 조심할게요."

데쓰로는 조고로모찌를 하나 더 집어 입으로 휙 던져 넣고는 일어섰다.

아키시카 준노스케는 동그란 검은 뿔테 안경을 쓴 종합 내과 의사다. 데쓰로보다 두 살 많은 그는 11년간 정신과 의사로 일하다 내과로 전문을 바꿨다.

"저녁 시간에 죄송해요, 마치 선생님."

풍성한 머리카락을 몇 번이나 흔들며 인사한 아키시카는 데쓰로를 전자 진료 기록부가 보관된 안쪽으로 데려갔다.

"환자가 간 기능 장애가 있다고 하셨죠."

"맞아요. 점점 나빠지고 있어요. 요 며칠 사이에 서서히요."

아키시카가 내민 데이터를 보니 간 기능 부분이 모조리 새빨갛다. 거슬러 올라가며 확인해 보니 일주일에 걸쳐 서서히 나빠진 모양이다.

"원래는 당뇨를 관리할 목적으로 입원시켰어요. 단순한 지방간인 줄 알았는데 아무래도…."

"바이러스 관련해서는 괜찮나요?"

"B형, C형 간염 바이러스 마커marker는 음성이에요. 혹시 약이 원인인가 싶어 먹던 약을 다 끊었는데도 전혀 나아지지 않아요."

"50대 여성이라면 자가면역 쪽도 알아보는 게 좋겠어요."

아키시카가 동그란 안경을 누르면서 고개를 끄덕였다. 데쓰로보다 연상이지만 조금도 불편한 기색을 내비치지 않는 인물이다.

"아키시카 선생님. 이 데이터만 봐서는 응급 처치가 필요한 담도 계열 질환은 아니에요. 어떤 종류가 됐든 급성 간염에는 주의해야겠지만, 갑자기 나빠질 병세로는 안 보여요."

"그렇다면 다행이군요. 마치 선생님의 차분한 설명을 들으니 마음이 편안해지네요. 선생님은 언제나 제 귀중한 트랭퀼라이저 tranquilizer(정신 안정제)입니다."

그제야 아키시카는 수염도 깎지 않은 볼을 쓰다듬으며 긴장을 풀었다.

"마치 선생님!"

HCUhigh care unit(고도치료실)에서 주임간호사 고쿄 미스즈가 데쓰로를 불렀다.

"내일 쓰지 씨에게 놓을 수액 데이터가 아직 안 들어왔어요."

"아, 참. 쓰지 씨의 상태는 괜찮죠?"

"괜찮아요. 병동에 올라와서는 토혈이나 하혈도 없고, 혈압도 안정되었어요."

고쿄의 대답에는 군더더기가 없었다.

그녀는 장갑을 벗어 휴지통에 버리고 데쓰로의 곁으로 다가왔다. 귀 언저리부터 베이지색으로 염색한 단발머리가 시원시원하게 바람을 탔다.

"쓰지 씨 데이터를 봤더니 상태가 아주 엉망인 간경변증 환자였어요. 혈소판 수만 봐도 도망치고 싶을 정도로요. 이런 분을 치료하시다니 선생님은 대단해요."

존경을 담은 고쿄의 목소리를 데쓰로는 웃으며 들었다.

실제로 식도정맥류 파열은 말 그대로 혈관이 파열되어 대출혈을 일으키는 질환이다. 내시경으로 확인해도 출혈 때문에 아무것도 보이지 않을 때가 많아 끝내 과다출혈에 이를 수도 있다. 쓰지 씨도 식도 내 출혈량이 엄청났다.

고쿄를 비롯한 간호사들은 몇 년 전에 하라다병원으로 부임한 데쓰로의 경력을 자세히 모른다. 데쓰로는 한때 대학 병원에서 고난도 내시경 치료를 도맡아 했다. 무척 어렵고 까다로운 내시경 수술을 담당했지만 한 번도 문제가 생긴 적이 없었다.

"선생님, 쓰지 씨가 지혈된 건 다행이지만… 내일 필요한 수액 지시 사항을 빨리 주세요."

고쿄는 단호했다.

"아, 그래요. 바로 입력해 둘게요."

"술 금단 증상도 염려돼요. 2~3일만 지나면 환각이나 환청 때문에 난리 치실 테니 진정제도 있어야 할 것 같아요."

"진정제라면 제 전문 분야죠."

아키시카가 끼어들었다.

"제가 입력할게요. 마치 선생님만 일하면 죄송하니까요."

"배려도 좋지만 아키시카 선생님 환자 중에도 내일 필요한 수액 데이터가 안 들어온 사람이 있어요."

고쿄의 지적에 아키시카는 뜨끔한 표정으로 데쓰로를 봤다.

"우리 병원에는 훌륭한 간호사가 많아 다행이에요."

"동감이에요."

둘이 웃음을 주고받는 사이 고쿄가 끼어들었다.

"마치 선생님, 병동 회진하셔야죠. 벌써 6시가 넘었어요. 류노스케 군이 기다리잖아요."

"벌써 시간이 그렇게 됐나?"

데쓰로가 벌떡 일어났다.

"고쿄 씨, 얼른 회진하고 진료 기록부에도 체크해 두겠지만, 오더가 부족한 부분이 있으면 전화 줘요. 미안하지만 4층 병동에도 그렇게 전해 주면 고맙겠어요. 그럼."

데쓰로는 말을 마치자마자 쿵쾅쿵쾅 복도를 달렸다.

멀어져 가는 데쓰로를 보며 아키시카가 중얼거렸다.

"참 별난 사람이야. 간 기능이 나빠져도, 정맥류가 터져도 전혀 동요하지 않으면서 회진에는 저리 뛰어가나?"

고쿄도 같은 생각을 했다. 동시에 앞에 있는 내과 의사도 괴짜인 건 마찬가지였다. 그동안 여러 병원에서 일하며 유별난 의사를 여럿 봐 왔지만, 이 병원은 특히 더 유별난 의사가 많았다.

"어쨌든 선생님도 수액 데이터를 서둘러 입력해 주세요. 늦게까지 일하면 원장님께 또 혼나실 거예요. 이래 봬도 근로 개혁을 추진하는 병원이니까요."

"그렇긴 해요. 하지만 저는 마치 선생님처럼 집에서 기다리는 가족이 있는 것도 아니니까 그리 서두를 이유가 없어요."

"무슨 소리예요? 그러면 저희 일이 진행되지 않잖아요."

"아, 그렇네요. 주의할게요."

맥 빠진 아키시카의 목소리가 병동의 하얀 천장으로 퍼져 갔다.

데쓰로의 집은 산조케이한 사거리에서 북동쪽으로 조금 들어간 주택가에 있다. 병원에서 자전거로 30분이 채 안 걸린다.

데쓰로는 활기 넘치는 시조카와라마치 부근 상가에 들러 저녁 반찬거리를 샀다. 평일인데도 오늘따라 오가는 사람이 유독 많다. 이 일대가 교토 시내에서 제일 번화가인 데다가 요이야마로 시작되는 기온 전야제를 며칠 앞두고 있어 더 붐비는 거 같다. 주부부터 학생, 자녀를 동반한 가족, 퇴근길 직장인에 관광객들까지 더해져 유난한 혼잡이 빚어졌다.

데쓰로의 자전거는 가와라마치를 지나 가모가와를 건너 큰길에서 골목으로 들어섰다. 그러자 네온 장식이 휘황찬란하던 거리에서 가로등 불빛만 은은히 비추는 조용한 주택가로 180도 바뀌었다. 그의 집은 골목 가까이에 자리 잡은 4층짜리 아파트의 1층이다.

"다녀오셨어요."

문이 열리며 밝은 목소리가 들려왔다. 최근 들어 갑자기 키가 쑥 자란 류노스케가 뒤집개를 한 손에 들고 데쓰로를 맞았다.

"좀 더 늦으실 줄 알았어요. 저녁 준비가 아직 안 됐어요."

"천천히 해도 돼. 할인하는 가라아게도 사 왔거든."

"단것도 같이 사 온 건 아니죠?"

"물론 아자리모치도 샀지. 류노스케 몫도 사 왔다고."

자랑하듯 다른 봉지를 들어 올린 데쓰로의 이마에는 굵은 땀방울이 맺혀 있다. 아직 더위가 식지 않은 해 질 녘에 자전거를 타고 급히 서두른 까닭이다.

"사 오는 것도 좋지만 무리해서 일을 끝내고 오지 않으셔도 괜찮아요, 마치 선생님. 저도 이제 중학교 1학년이에요."

"아직 중학교 1학년이지. 중1짜리 소년이 저녁을 혼자 먹지 않도록 하는 건 가족으로서 지켜야 할 중요한 의무야."

"그렇게 애쓰지 않으셔도 괜찮은데….."

어른스러운 말투지만 그의 볼에는 소년다운 수줍음이 은밀하게 서려 있다.

미야마 류노스케는 데쓰로의 가족이자 유일한 동거인이다.

그러나 아들은 아니다. 데쓰로의 여동생인 미야마 나나의 아들이니까 조카다. 그런데도 류노스케는 외삼촌이라고 부르지 않고 마치 선생님이라 불렀다.

두 사람이 기묘한 조합으로 살기 시작한 데는 나름대로 파란과 혼란과 결단이 있었다. 데쓰로보다 한 살 어렸던 여동생 미야마 나나는 젊은 나이에 병을 얻어 짧은 투병 끝에 3년 전 겨울에 세상을 떠났다. 미혼모였던 나나가 세상을 떠나자 류노스케는 초등학생의 몸으로 부모 하나 없는 처지가 되었다.

소년이 의지할 가족이라곤 삼촌인 데쓰로밖에 없었다. 데쓰로의 아버지는 이미 병사했고 어머니 또한 치매가 시작되어 시설을 알아보던 중이었다. 그 때문에 소년은 할머니 할아버지에게도 기댈 수 없는 형편이었다. 그리하여 데쓰로는 얼결에 조카의 보호자가 되었다.

데쓰로는 초등학교 4학년 조카를 키울 자신이 없었지만 다른 선택지도 없었다.

결단을 내린 날, 데쓰로는 재직 중이던 라쿠토대학의 의국을 찾아가 교수에게 병원을 그만두겠다는 뜻을 전했다. 이른 아침부터 밤늦게까지 대학 의국에 몸담은 채로는 도저히 조카를 키울 수 없었기 때문이다. 완강하던 지도 교수도 어쩔 수 없이 퇴사를 허락해 주었다. 데쓰로가 대학 병원을 나와 구한 새로운 근무처가 바로 이 하라다병원이다.

도쿄에서 살던 집을 떠나 교토로 오게 된 조카는 처음에는 말수가 적었다. 말은 별로 하지 않았지만 어머니에게 물려받은 인내심으로 묵묵히 현실과 마주했다. 날이 가고 달이 가는 동안 조금씩 입을 열게 된 소년은 조금씩 청소와 요리를 도왔고, 지금은 가사 전반을 맡고 있다. 학업도 소홀히 하지 않아 올해 막 사립 명문 중학교에 입학한 참이었다.

라쿠토대학의 의국에서 함께 일했던 선배 하나가키 다쓰오가 아이가 생긴 데쓰로를 놀렸다.

"마치는 결혼 생활의 수렁은 피하고 노후만 확보했군."

말은 그렇게 해도 하나가키는 가까이 사는 인연으로 가끔 저녁밥도 챙겨다 준다.

데쓰로가 샤워하는 동안 류노스케는 저녁 식사를 차렸다. 샤워를 마친 데쓰로가 식탁 의자에 걸터앉으며 아자리모치를 슬그머니 입에 넣었다.

"저녁 먹을 건데요."

나무라는 류노스케에게 데쓰로는 검지를 세우며 행복한 표정을 지었다. 고승이 쓰는 갓 모양 떡의 피는 통통하게 두툼한 데 비해 부드럽기 그지없다. 통 팥소를 씹는 순간 달콤함이 입안에 퍼진다. 풍미와 단맛이 풍부하면서도 뒷맛이 깔끔하고 고급지다. 데쓰로가 좋아하는 이유다.

"류노스케, 요즘 학교생활은 어때?"

"괜찮아요. 이제 전철 통학도 익숙해졌어요. 같은 전철을 타고 다니는 친구도 몇 명 있고요. 여름방학에 특강도 같이 듣기로 했어요."

류노스케는 여동생 나나를 쏙 빼닮아 피부가 하얗고 눈매가 밝다. 데쓰로는 그런 조카가 학교에서 너무 인기가 많지 않을까 괜한 걱정이 앞섰다.

"하지만 류노스케, 네가 다니는 중학교를 나오면 따로 시험을 안 보고도 같은 고등학교에 들어갈 수 있는 거지? 여름 특강도 좋지만 공부만 하지 말고 실컷 놀기도 해."

"그렇게 느긋하게 공부하면 의대에 못 가요."

가볍게 프라이팬을 뒤집는 소리와 함께 들린 단어에 데쓰로는 말문이 막혔다. 괜히 흰머리가 섞인 자기 머리카락을 한번 가볍게 쓸어 넘겼다.

"의사가 되려고?"

"그럴 생각이에요. 안 되나요?"

"하지 말라고는 안 하겠지만…. 왜 하필…."

"하나가키 선생님도 그러셨어요. 마치 선생님은 대학에 계속 있었더라면 자기를 제치고 교수가 되었을 거라고요. 저 때문에….
그러니까 제가 보답해야죠."

"그런 사이비 부교수 말은 들을 필요가…."

데쓰로는 하나가키가 악의를 가지고 한 말은 아니라는 것을 알
면서도 쓸데없는 말을 한데 짜증이 났다. 류노스케 때문에 대학
병원을 그만둔 것은 사실이지만 조카의 인생은 별개의 문제다. 적
어도 데쓰로의 생각은 그렇다.

접시에 채소볶음과 가라아게를 담고 온 류노스케를 붙잡고 데
쓰로가 이야기했다.

"잘 들어, 류노스케. 내가 너를 맡으려고 대학 병원을 그만둔 건
맞아. 덕분에 여러모로 인생 설계가 바뀌었고. 그렇다고 그게 나
한테 손해는 아니야."

"다른가요?"

"다르고말고."

아자리모치 조각을 삼키며 데쓰로가 계속 말을 이었다.

"나는 지금의 병원으로 옮긴 덕분에 새로운 경험을 하고 있어.
후회하지 않아."

"하지만 대학에서 계속 연구했다면 더 높은 자리에 올라 출세했
을 거잖아요?"

데쓰로는 이마에 검지를 대고 한 박자 쉬었다가 대답했다.

"그러면 네 인생은 어떻게 됐을까?"

"저요?"

갑작스러운 물음에 류노스케는 말문이 막혔다.

"오해하지는 마, 류노스케. 너한테 생색을 내려는 게 아니야. 나는 그때 순수하게 혼자가 된 너를 두고 내가 유쾌한 삶을 살 수 있을지 질문했어."

"그건….”

"답은 간단했어. 네가 힘든 일을 겪고 있는데 나만 행복할 순 없었어. 네가 웃으며 생활하는 게 내게는 중요했으니까. 그런 내 철학에 따라 너를 맡은 거야."

데쓰로는 말투를 조금 누그러뜨리고 눈앞의 조카를 따뜻한 눈으로 바라보았다.

"인간은 결코 혼자서는 행복해질 수 없는 생물이거든."

데쓰로는 부드럽게 미소 지었다.

"그러니까 내가 예정과 다른 삶으로 옮겨 탔다고 네가 그걸 메우지 않아도 돼."

"네….”

데쓰로는 식탁에 차려진 요리로 눈길을 돌렸다.

"이런 얘기는 배고플 때 하면 안 되는데. 우리 이제 맛있게 저녁을 먹을까?"

류노스케가 기다렸다는 듯 젓가락을 들고 잘 먹겠다고 외쳤다.

데쓰로는 주눅 들지 않고 성장하는 조카가 기특했다. 한편으로

2년하고도 7개월이나 함께 산 조카가 자신을 어려워하는 건 아닌지 고민되었다. 데쓰로는 창가에 세워 둔 사진 액자로 시선을 옮겼다. 하얀 피부의 여동생이 사진 속에서 웃고 있었다.

'너는 나에게 큰 과제를 떠맡기고 갔구나.'

데쓰로는 푸념을 가슴에 눌러 담으며 젓가락을 집어 들었다.

하라다병원의 아침은 한 노인의 물 주기로 시작된다.

아침 6시 반이 되면 이사장 하라다 햐쿠조가 커다란 물뿌리개를 한 손에 들고 어슬렁어슬렁 모습을 드러낸다. 올해 68세인 그는 원래 내과 의사였다. 나이가 든 지금은 이사장 자리에서 주로 경영 업무를 맡고 있다. 몸집이 작은 데다 약간 굽은 새우등이라 실제 나이보다도 더 늙어 보이지만 걷는 속도는 빨랐다.

소리도 없이 휙휙 병원 앞 수도까지 걸어가 물을 긷고 화단에 물을 준다. 봄에는 접시꽃, 가을에는 도라지와 봉선화가 피는 화단에 지금은 샐비어와 아이리스가 농후한 여름빛을 자아내고 있다. 현관의 길쭉한 화단까지 충분한 물을 주고 뒤쪽으로 돌아올 무렵이면 어느덧 7시가 된다.

매일 이때 딱 맞춰 외과의 나베시마가 대형 이륜차를 타고 주차장에 들어온다. 6기통 대형 오토바이 BMW K1600GTL은 출퇴근에 사용하기에는 아까운 물건이다. 100km 단위의 투어링이 가능한 이륜차지만 나베시마에게는 메스나 겸자鉗子,forceps보다 가까

35

운 단짝이다. 거대한 동력 덕분에 이른 아침부터 주차장에 뱃속을 뒤흔드는 엔진음이 울려 퍼진다. 환자를 위해 등골 빠지게 뛰어다니는 유능한 외과 의사도 이때만큼은 소음 공해를 일으키는 주범일 뿐이다.

BMW가 도착하고 15분 정도가 지나면 유선형 실버 스포츠카가 들어온다. 주조 아야가 운전하는 애스턴 마틴이다. 주조는 이 영국 태생의 고급 차를 앞서 도착한 BMW 옆에 딱 주차한다. 그로부터 또 15분 정도 지나 7시 반이 되면 영국 차 옆에 아키시카가 운전하는 새빨간 알파 로메오가 도착한다. 그로써 병원 뒤 의사 전용 주차장은 그럴듯한 수입차 전시장이 돼 버린다.

데쓰로는 8시가 되기 직전에 자전거를 타고 주차장에 들어온다. 위압감마저 감도는 세 대의 외제 차 앞을 지나 안쪽 자전거 주차장에 자전거를 세울 때면 화단에 물 주기와 동네 산책을 마치고 돌아오는 늙은 이사장과 딱 마주친다.

"안녕하신가, 좋은 아침이야."

하라다의 쉰 목소리에 데쓰로는 꾸벅 인사로 답하고 서둘러 회의실로 향한다. 이것이 매일 반복되는 네 명의 상근 의사들이 출근하는 풍경이다.

월요일 아침이면 네 사람은 병원 5층의 제1 회의실에 모여 정례 회의를 한다. 이사장실과 경영 부서가 주로 차지하는 5층에 임상 의사들이 올라올 일은 이때를 제외하면 거의 없다.

커다란 원탁을 둘러싸고 가죽으로 된 의자가 배치된 제1 회의실은 넓고 전망도 좋을 뿐만 아니라 햇볕도 잘 든다. 요컨대 원내에서 가장 입지가 좋은 곳이자 때로는 병원의 미래를 좌우할 만한 중대 사항이 도마 위에 올라 결정지어지는 곳이다.

하품하며 에너지바를 먹는 주조와 묵묵히 스마트폰 게임에 열중인 아키시카, 설탕을 듬뿍 넣은 이노다커피의 아라비안 펄을 행복하게 즐기는 데쓰로까지. 의사 가운을 입지 않았다면 누구도 이곳을 병원이라고는 상상하지 못할 것이다. 그러나 나베시마가 들어오는 순간 분위기가 확 달라진다.

"자, 이번 주 일정부터 확인해 볼까?"

그의 중후한 한마디에 이번 주 예정된 외과 수술과 내시경 수술일정이 확인되고 입원 환자와 왕진 환자의 병세에 관한 정보 공유가 이어진다.

"이번 주는 담적이 두 건, 서혜헤르니아가 한 건으로 총 세 건입니다."

오른쪽 다리를 꼰 주조가 입을 열었다.

"담적은 앞서 중증 췌장염이었기 때문에 유착이 너무 심하면 개복으로 전환할 생각입니다. 지난주에 수술한 환자는 전체적으로 양호합니다."

"좋아."

나베시마의 눈이 데쓰로를 향했다.

"이번 주에 내시경은 폴립 절제만 세 건입니다. 왕진 쪽은 위암인 사카자키 씨가 좀처럼 식사를 못 하고 있습니다. 화학 요법을 중단한 지 반년 만에 지금은 많이 야위어 간신히 일어날 정도입니다. 지난주 왕진 때는 가벼운 황달 증상도 보였고요."

"이번 여름을 넘기기는 어려울 것 같군."

데쓰로가 스크린에 띄운 데이터를 보던 나베시마의 표정이 굳어졌다. 주조가 다리를 바꿔 꼬며 말했다.

"4기 위암이 발견된 게 1년 전이잖아요. 외래에서 왕진으로 전환한 지 4개월 됐으니 뭐, 잘 버틴 편이죠."

왕진 환자라 혈액 검사 데이터는 있지만 병원에서 CT는 찍지 못하는 상황이다. 환자의 복강 내 상태를 판단할 구체적인 정보가 없었음에도 의사들의 뇌리에는 짐작되는 비슷한 모습이 그려진다. 아마 암세포가 위벽을 뚫고 나와 여러 군데로 퍼지기 시작했을 것이다. 간에도 더 넓게 전이되어 담관이 거의 막히기 직전 상태임이 틀림없다.

"가족들은 어떻게 지내시나요?"

아키시카가 왕진의 핵심을 정확하게 짚는 질문을 던졌다. 말기 환자가 집에 있는 경우 가족의 협조와 심리적 안정이 필수적이다.

"부인과 둘이 지내는데, 부인은 비교적 유연하게 상황을 받아들이고 있어요. 극단적 동요 없이 환자와 평온하게 잘 지내요. 앞으로 통증과 구토로 힘들어질 텐데 환자 본인은 여전히 집에서 지내기를 원하고요."

데쓰로의 보고에 누구도 다른 의견을 제시하지 않는다.

나베시마가 회의실을 둘러보았다.

"다른 건 없나? 불안정한 환자는 없고?"

"병동에 말기 암 환자가 두 분이 계세요. 바이털을 봐서는 이번 주 내로 떠나실 것 같아요."

"예상했던 경과로군. 그밖에 상의할 사례나 문제 있는 사례는?"

세 명의 의사가 고개를 좌우로 흔든다.

"그럼 이번 주도 열심히 하자고."

나베시마의 구호와 함께 하라다병원의 일주일이 시작되었다.

저녁 시간에 데쓰로는 3층 병동을 찾았다.

하얀 병실의 침대에서 몸집이 작은 노부인이 정중하게 고개를 숙였다.

"여기까지 오게 해서 미안해요, 선생님."

산소 캐뉼라cannula(삽입관)를 단 야노 기쿠에는 90세의 나이지만 아직까지 치매 증상도 없는 환자다. 몸집이 작은 그녀는 일주일 전까지 붓코지 근처의 자택에서 혼자 지내다 쓰러졌고, 이웃이 그녀를 발견해 병원으로 데려왔다. 내원 당시 오른쪽 폐에서 확인된 세균성 폐렴은 며칠간 항생제를 투여하자 지금 차도를 보이는 중이다.

"기쿠에 씨, 언제부터 힘드셨나요?"

데쓰로가 청진기를 대면서 물었다.

"특별히 힘들지 않은데, 간호사가 엄청나게 걱정하네요."

차분한 말투는 여느 때와 다름없다. 그런데 어딘지 모르게 안색이 나빠 보인다. 달려온 간호사에게 바이털을 확인하자 어제까지 좋았던 산소 농도가 오늘은 천천히 떨어진다고 했다.

"할머니는 아무렇지도 않다고 하시는데…."

보고하는 간호사도 당황스러운 기색이다. 그 자리에서 재차 확인한 SPO2^{saturation of percutaneous oxygen}(산소포화도) 모니터에는 89%라는 불안정한 수치가 떠 있다.

데쓰로는 기쿠에의 침대에 천천히 걸터앉으며 말했다.

"기쿠에 씨, 오늘 식사 못 하셨죠."

"네. 식욕이 없어서요."

"오늘 저녁 식사에는 좋아하시는 수박도 나왔는데 별로 안 당기세요?"

데쓰로가 사이드 테이블에 올려진 식판을 눈으로 확인했다. 배식한 지 어느 정도 시간이 지났는데 젓가락과 식기가 처음 위치 그대로다.

"곧 우리 할아범이 데리러 올 것 같아요."

"그렇게 빨리 오시지는 않을 거예요. 저쪽 세계에서 마음 편히 지내고 계시겠죠."

"그럼 좋을 텐데. 벌써 10년이나 못 봤으니 쓸쓸할 거야. 이제

슬슬 달래 주러 가야겠어요."

기쿠에 씨의 눈꼬리에 잔주름이 잡혔다.

체온을 잰 간호사가 데쓰로에게 체온계를 내밀었다. 36.2도. 열
은 없다. 청진기로 들은 가슴에서 나는 소리도 괜찮고 가래도 없
다. 데쓰로는 환자의 발로 시선을 돌렸다.

"부었네."

데쓰로의 말에 간호사가 고개를 갸웃거렸다.

"그래요? 그렇게 이상해 보이지 않는데요."

"보기에는 이상하지 않지만 원래 정강이뼈가 드러날 정도로 마
르신 분이야."

다른 사람에게는 평범한 현상이 이 환자에게는 평범하지 않다.
고령자를 진료할 때 흔히 있는 일이다.

"아마 심부전일 거야. 일단 엑스레이랑 심전도를 확인하자. 그
리고 푸로세미드furosemide 0.5 앰플도 준비하고."

데쓰로의 지시에 간호사가 재빨리 달려 나갔다.

"선생님, 좀 먹는 게 좋을까요."

"아닙니다, 무리하지 않으셔도 돼요. 사람인데 식욕이 없는 날
도 있죠. 다만 할아버지께서 데리러 오시기에는 아직 이르네요."

"그것참…. 선생님은 이런 늙은이를 뭘 더 치료하려고요?"

"움직일 수 있는 사람에게는 최선을 다하는 게 제 신조라서요."

"못 움직이게 되면?"

41

"그때는….."

잠시 생각하던 데쓰로가 웃었다.

"조용히 할아버지를 기다릴까요?"

말투는 부드러웠지만 자칫 서운할 수 있는 발언이었다. 하지만 그녀는 오히려 안심한 듯 고개를 끄덕였다.

데쓰로는 돌아온 간호사에게 받은 주사와 수액을 놓은 후 소변량을 측정하도록 지시하고 병실을 나섰다.

오연성^{誤嚥性} 폐렴, 요로 감염증, 뇌경색…. 소화기 병원이지만 작은 동네 병원이다 보니 전문 분야만 볼 수는 없다. 입원 환자의 절반이 이 일대에 사는 고령자들이다.

'할아버지를 기다리자….'

과연 옳은 대답이었을까? 데쓰로는 착잡한 마음으로 반문했다. 하지만 답은 찾지 못하고 처음부터 정답이 존재하지 않는다는 사실만 되새겨진다.

대학 병원에서 일할 때는 담당 환자의 질병을 어떻게 치료할지 검토하는 것이 가장 큰 과제였다. 암 절제나 결석 제거에 어떤 기구를 사용할지 다양한 스트레티지^{strategy}(전략)를 논의했다. 하지만 따지고 보면 이는 방법론일 뿐이다.

지금 그가 직면한 의료는 방법을 묻지 않고 행동의 시비를 묻는다. 식사조차 어려워진 환자에게 수액을 어디까지 놓을 것인가. 말기 암 환자에게 어떤 말을 건네야 할까. 치매 환자에게 발견된

암을 절제해야 할까 아니면 지켜봐야 할까.

여기에 치료, 수술, 회복, 퇴원 같은 알기 쉬운 길은 마련되어 있지 않다.

'그래도 위암을 잘라내는 편이 조금이라도 더 단순한 의료였을지도 모르겠군.'

이런 아련한 푸념만 흘러나올 뿐이다.

의료는 생명과 마주하는 세계이므로 대학 병원이든 하라다병원이든 단순하면서도 쉬운 환경 따위가 있을 리 없다. 늘 위기고 늘 긴급하다. 데쓰로가 이런저런 생각에 사로잡혀 있는데 주머니에서 PHS가 울렸다. 호출자는 병원 접수처의 여성 사무원이다.

"마치 선생님, 손님이 오셨어요."

"손님?"

앵무새처럼 되묻다 그 손님이 누군지 떠올랐다.

"바로 갈게."

데쓰로는 짧게 대답하고 발걸음을 옮겼다.

병원 1층 내시경실 옆에는 작은 회의실이 있다. 5층의 제1 회의실에는 비할 바 못 되지만 응급 외래에 실려 온 중증 사례를 긴급하게 검토할 수 있도록 PC 단말기 몇 대와 회의용 벽걸이 모니터, 의자와 책상이 갖추어져 있다. 물론 의사들이 모일 기회는 그렇게 많지 않다.

이곳은 데쓰로가 잠시 휴식을 취하는 장소로 애용하는데 때로는 외래의 손님을 맞이하는 응접실이 되기도 한다.

데쓰로가 들어가자 창밖을 바라보던 키가 큰 정장 차림의 남자가 뒤돌아보았다.

"여, 마치, 수고가 많아."

옅은 남색 정장을 넥타이 없이 소화해 낸 남자는 라쿠토대학에서 부교수로 재직중인 하나가키 다쓰오다. 의료의 최첨단에서 활약하는 일류 소화기내과 의사.

호감 가는 미소와 세련된 옷차림이 그가 의사일 뿐만 아니라 협상이나 사교 자리에서도 탁월한 인물임을 보여 준다.

"선배는 항상 일이 일단락되는 타이밍에 딱 맞춰 오는군요."

"대학에서 이런저런 고생을 하다 보면 후배가 바쁘게 일하는지, 한가한 시간을 주체 못 하는지 정도는 알게 돼."

"예, 그러시군요."

데쓰로는 가볍게 흘려듣고 옆자리를 권했다.

데쓰로보다 두 살 연상인 하나가키와는 대학 병원에서 약 3년 동안 같이 일했다. 그는 빈틈없는 진단 능력에 고도의 내시경 기술을 겸비한 데다 유연한 사교성까지 더해져 일본뿐만 아니라 해외 소화기 관련 학계에서도 주목받는 의사다.

하나가키는 산책 삼아 하라다병원에 들렀다고 하지만 거짓말이다. 내원하는 날이면 몰래 병원 접수처에 전화해 데쓰로의 일이 몇 시쯤에 끝나는지 확인한다.

"아무리 대단하신 선생님이지만 원내에서 개인정보가 줄줄 새어 나가는 건 문제네요."

데쓰로가 웃으면서 커피를 내렸다. 이노다의 아라비안 펄이다.

"오늘은 무슨 일이래요?"

"지난번 아마부키의 논문이 무사히 최종 승인되었어. 그 보고 차 왔지."

그는 덤덤한 말투로 논문이 게재된 잡지명을 덧붙였다. 임팩트 팩터impact factor가 높은 국제적인 잡지다.

"네가 여러모로 조언해 준 덕분이야."

"잘됐네요."

"말만 그럴 뿐 흥미가 없어 보이는데?"

"저는 대학을 떠난 사람이니까요. 외부인이 이러쿵저러쿵하면 안 되죠. 애당초 아마부키 논문은 처음부터 골격이 탄탄했어요."

아마부키 쇼헤이는 데쓰로가 대학에 있을 때 지도한 젊은 의사 중 한 명이다. 지금은 중견 이상의 위치에 올랐을 거다.

"아마부키가 그러더라. 마치 선생님이 의국에 남아 계셨더라면 더 다양한 사례에 도전할 수 있고 의미 있는 연구도 진행할 수 있었을 거라고."

"천하의 라쿠도대학에는 인재가 많을 텐데 새삼스레…."

"정말 많은 것 같아?"

커피를 든 데쓰로는 예상치 못한 날카로운 질문에 당황했다. 하지만 그 답은 하나가키가 했다.

"확실히 의국에도 웬만큼 머리가 좋은 녀석은 있지."

커피를 한 모금 마신 하나가키는 말을 이었다.

"하지만 의사로서 인내심과 통찰력을 갖추고 행동력과 양심을 가진 녀석은 드물지."

"그런 의사는 일본을 다 뒤져도 찾기 힘들어요."

"그렇지 않아. 지금 내 눈앞에 있거든."

그의 칭찬에도 데쓰로는 동요하지 않았다.

"높게 평가해 주는 건 감사하지만, 객관적으로 보면 저에 대한 과대평가예요."

"내 생각은 달라."

하나가키가 데쓰로 말을 가로막았다.

"지난달 고베 내시경학회에서도 네가 한 질문으로 떠들썩했었잖아. 여러모로 너한테 신랄하게 구는 니시지마조차도 그때 너의 정확한 지적에 혀를 내둘렀다고."

"그 이름 오랜만에 듣네요. 니시지마는 잘 지내나요?"

"마치 데쓰로라는 누름돌이 없어져 다루기 어려웠는데, 4월부터 전임 강사로 승격되더니 더 건방지게 굴고 있어. 뭐, 귀여운 수준이지만."

"니시지마도 어느새 전임 강사가 됐군요."

데쓰로는 시간의 흐름을 느끼며 컵을 입으로 가져갔다.

대학 의국에서 함께 일하던 의사들의 면면이 스쳐 간다. 나이가 많은 사람부터 젊은 사람에 이르기까지. 다양한 의국원 중 니시지마 모토지로는 개성 있는 의사 중 한 명이었다. 데쓰로의 1년 후배인 그는 의국 내에서도 유달리 뛰어난 수완가였다. 게다가 허영심도 강해 나이가 비슷한 데쓰로에게 노골적으로 경쟁심을 드러냈다. 그런 기억도 지금의 데쓰로에게는 추억일 뿐이다.

"두 달 뒤인 9월 말에 보스턴에서 라이브로 내시경을 지도하게 됐어. 나름 큰 무대지."

하나가키의 말에 데쓰로는 현실로 되돌아왔다.

컵을 든 채 선배에게 시선을 돌렸다.

"보스턴에서 라이브를 한다고요?"

"그래. 미국 내시경학회에서 초청한 거야."

이 말에는 데쓰로도 놀랐다.

"그거 굉장하네요. 선배가 내시경 시술을 맡나요?"

"물론 내가 시술자지만 신뢰할 수 있는 제1 조수가 필요해. 내 처치를 따라올 수 있는 스페셜리스트가 있어야 하니까."

하나가키가 말하고자 하는 바는 분명했다.

이전에 함께 근무할 때 어려운 사례를 담당하던 제1 조수는 언제나 데쓰로였다. 이것이 그가 일부러 시간을 내서 찾아온 용건이다. 컵을 쥔 부교수의 눈에는 호감 가는 선배와 의국의 미래를 짊어진 야심가가 공존했다.

"아, 류노스케는 이제 중학생이지?"

이야기를 전환한 하나가키에게 데쓰로가 조용히 대답했다.

"아직 중학생이죠."

"집안 살림에 도움도 안 되는 외삼촌이 며칠간 미국에 가 있어도 문제 되지 않는 나이야."

"류노스케는 문제없죠. 하지만 제가 그 일을 맡을 이유가 하나도 없어요."

끝까지 신중한 데쓰로의 반응에 하나가키는 고개를 저으며 크게 숨을 내쉬었다.

"지금 네 상태는 의료계의 큰 손실이라고. 정말이지 정 안 된다면 하라다 선생님이나 나베시마 원장한테 얘기해 해고하라고 할 수도 있어."

"저를 높이 평가해 줘서 감사하지만 서로 부담만 커질 뿐이라니까요."

희미하게 웃으며 데쓰로가 어깨를 으쓱거렸다.

"그보다 선배에게 더 도움이 되는 쪽으로 생각해 보세요. 그리고 임종을 앞두었거나 거동을 못 하거나 갈 곳이 없는 환자가 있으면 언제든지 이쪽으로 보내 주시고요. 한정적인 대학 침상에서 그 환자들을 모두 돌보기는 힘들 테니까요, 저희가 힘쓸게요."

"전 세계를 누비던 일류 내시경 의사가 거동 못 하는 환자의 임종이나 지키다니…."

"생각보다 훨씬 힘든 일이에요. 때로는 내시경 수술보다 벅차고요."

"쉬운 일이라고는 생각 안 해. 그래도 말이야…."

"중요한 일이에요. 우리가 치료한 환자도 마지막에는 다 지나야 하는 길이잖아요."

"진짜 할 말 없게 만드는군."

하나가키가 일어서며 클리어 파일에 든 종이 다발을 꺼냈다.

"한번 읽어 봐."

"새로운 논문이에요?"

내용을 눈으로 빠르게 훑던 데쓰로는 눈살을 찌푸렸다.

"사례 수가 상당하네요. 게다가 선배가 주저자고요."

주저자는 논문에서 가장 먼저 이름이 게재된다. 보통 하나가키 정도의 위치에 오르면 많은 의국원을 지도하므로 자신이 지도한 연구자들의 논문 마지막에 책임자로서 이름을 올리는 경우가 더 많다.

"선배가 주저자라는 말인즉 이 논문에 진심이라는 건가요?"

"그래, 진심이야."

하나가키가 투고할 잡지명을 덧붙이자 데쓰로의 눈이 휘둥그레졌다.

세계 최고 수준의 잡지였다.

"사례 수가 조금 더 필요해서 시간이 좀 더 걸릴 거야. 하지만 한번 훑어봐 주라고."

"생각보다 빨리 부교수의 '부'자가 사라지겠어요."

"그래? 나도 그렇게 생각해."

뻔뻔스럽게 대답한 하나가키가 금세 얼굴표정을 바꿨다.

"하지만 쉬운 길은 아니야. 우선 훑어보고 뭔가 의견이 있으면 말해 줘, 의국장님."

"'전' 의국장이죠."

데쓰로가 정정하자 그는 코웃음을 치고는 선 채로 남은 커피를 전부 마셔 버렸다.

"그러고 보니 가모가와 강가에 맛있는 양식집이 있다더군. 원래는 저녁에 코스 요리만 하던 곳인데, 최근에 점심 메뉴를 내놨대. 다음에 류노스케랑 같이 갈까?"

"좋아요. 같이 가요. 류노스케도 좋아할 거예요. 단, 괜한 일로 너무 바람 넣지 마요. 생각보다 훨씬 순진한 애니까."

"순진하고 장래성이 있으니까 의사를 권하는 거야. 전 의국장처럼 너무 달관한 인간이 되는 것도 생각해 볼 일이니까 말이야."

하나가키는 가볍게 손을 들어 인사하고 돌아섰다.

외래 앞을 지나며 싹싹하게 여성 사무원에게 수고하라는 말을 건네고 천천히 사라졌다.

'의국장이라….'

데쓰로는 손에 든 논문을 내려다봤다.

데쓰로가 하나가키와 처음 만난 곳은 미국 동해안의 항구도시 보스턴이다. 데쓰로가 도쿄의 도토대학에서 보스턴으로 유학 온 지 얼마 안 되었을 때다.

도토대학의 소화기내과는 일본 내 실력파 의국 중 하나였다. 데쓰로는 그곳에서 실력을 연마하며 착실하게 실적을 쌓고 있었다. 치밀한 내시경 조작 실력은 물론이고 수준 높은 처치와 냉정한 판단력을 무기 삼아 고난도 내시경 치료에 차례로 성공하고 이를 담담하게 학회에서 발표했다. 그런 그의 모습은 나이에 걸맞지 않게 차분한 태도와 맞물려 일본 학회에도 조금씩 이름이 알려지기 시작하던 시기였다.

"나랑 내시경 연구를 함께해 볼래?"

짙은 안개와 흐린 날씨가 이어지는 이국의 항구도시에서 야심가 선배가 젊고 혈기 왕성한 후배에게 조용히 말을 걸었다. 지하철역에서 가까운 햄버거 가게 안이었다.

하나가키는 진지했다.

"너 같은 의사를 도토대학에 그대로 두기에는 너무 아까워. 물론 도토대학도 최고의 대학이긴 하지만, 출세하고 싶어도 간부와 중진들이 네 위에 산처럼 딱 버티고 있잖아."

"저는 상관없어요. 딱히 윗분들을 앞지르고 싶지 않아요."

데쓰로가 더블 치즈버거를 우걱우걱 먹으며 답했다.

"저만 그런 게 아니라 요즘 젊은 사람들은 지위나 명예에 그렇게 매력을 느끼지 않아요."

"네 말의 반은 사실이지만 반은 거짓말이야."

선배가 상당히 교묘하게 받아쳤다.

데쓰로는 씹던 것을 멈추고 눈을 들었다.

"나도 네가 교수나 학장을 목표로 기를 쓰는 야심가라고 생각하지 않아. 하지만 의미 있는 일을 하고 싶은 마음은 있겠지. 이왕이면 일류의 일을 말이야."

하나가키가 위협적인 미소를 지었다.

"야심은 없어도 긍지는 갖고 싶은 거 맞지?"

함축적인 말이었다.

그렇게 명확하게 의식한 적은 없지만, 그의 말은 데쓰로의 진심에 들어맞았다. 교수가 되고 싶다고 생각한 적은 한 번도 없다. 하지만 눈앞의 환자가 어떻게 되든 상관없다고 생각한 적도 한 번도 없다. 대학 의국의 선배들이 무심코 혼동하는 이 차이점을 언어로 명백하게 들이대는 이 남자의 존재는 나름 충격적이다. 그렇기에 데쓰로는 천천히 고개를 끄덕여 주었다.

하나가키보다 1년 늦게 귀국한 데쓰로는 도토대학에서 남은 일을 마무리하고 교토로 거처를 옮겼다.

벌써 6년 전의 이야기다.

그 후 몇 년 동안은 어느 때보다 바쁜 나날을 보냈다. 하나하나의 기억은 모호하다. 그때를 되돌아볼 때면 난데없이 도쿄의 맑은 겨울 하늘이 떠오른다. 끝없이 푸르게 펼쳐진 하늘과 그 아래 서 있는 한 소년의 뒷모습이 보인다. 여동생의 장례식이 끝난 후 장례식장 옥상에 서서 물끄러미 하늘을 올려다보던 미야마 류노스케의 모습이다.

일요일 오전, 의국에 달그락달그락 정신없는 소리가 울려 퍼졌다. 그 사이로 "파동권!"이니 "소닉 붐!"이니 하는 기세등등한 목소리가 들려왔다.

아키시카가 강렬한 여름철 햇빛이 드는 의국에서 컨트롤러를 움켜쥔 채 게임에 열을 올리고 있었다. 게임기가 연결된 TV 화면에는 하얀색 조끼를 입은 가라테 선수와 금발의 군인이 좌우로 오가며 서로 맹렬히 싸우고 있다.

데쓰로가 인스턴트커피를 타며 아는 척했다.

"아키시카 선생님, 숙직하느라 수고가 많으시네요."

아키시카가 화려한 연속 공격을 성공시키며 초연한 목소리로 답했다.

"아이고, 안녕하세요, 마치 선생님."

"이거 스파투('스트리트 파이터 2'의 약칭) 게임 아니에요?"

"스파투 맞아요. 옛날 게임인데, 이제는 아카이브에서 다운받아 게임할 수 있어요. 세상 참 좋아졌죠."

화면에서는 바쁘게 정권 찌르기와 돌려차기를 쏟아내는데 컨트롤러를 능숙하게 조작하는 아키시카의 말투는 평소와 다름없이 한가하다.

"그런데 마치 선생님도 스파투를 아세요?"

"중학생 때 오락실에 다닌 적이 있어요."

"그건 금시초문이네요. 이제는 오락실도 점점 사라지고 없어 쓸쓸하지만 이렇게 최신 게임기로 스파투를 할 수 있으니 고마운 시대라고 해야겠죠?"

[YOU WIN]

갑자기 화면에 커다란 글자가 튀어나오고 아키시카는 흘러내린 동그란 안경을 손끝으로 밀어 올린다.

휴일인지라 의국에 다른 사람의 모습은 보이지 않았다.

하라다병원의 의국은 냉장고와 전기 포트, 대형 TV가 놓인 넓은 방, 즉 '종합 의국'으로 불리는 공유 공간과 세 개의 작은 방으로 이루어져 있다. 작은 방에는 각각 책상이 두 개씩 배치되어 있는데 외과의 나베시마와 주조, 내과의 데쓰로와 아키시카가 두 개를 사용한다. 나머지 하나는 비상근 의사용으로 휴일에는 숙직 의사 혼자 사용하는 방이다.

하라다병원에는 휴일에 응급환자가 실려 오는 일이 거의 없다. 하지만 병동 때문에 병원 내에 반드시 의사가 대기하고 있어야 하는데, 입원 환자의 상태만 안정적이라면 대부분 취미 생활을 즐길 수 있었다. 이것이 숙직과 당직까지 서야 하는 의사 업무의 어두운 일면을 상쇄해 주었다. 물론 운이 나쁘면 갑자기 상태가 나빠지는 환자나 응급환자까지 겹치며 꼬박 이틀 동안 잠도 제대로 못잘 때가 종종 있기는 하다.

아키시카가 문득 깨달은 듯 어깨너머로 데쓰로를 돌아봤다.

"마치 선생님은 이른 아침부터 무슨 일이세요? 병동은 오늘 제가 회진 당번인데요."

"왕진 환자분이 부르셔서요."

컵을 들어 올리며 대답하는 데쓰로에게 아키시카가 안쓰러운 듯 눈꼬리를 내렸다.

"방문 간호에서 연락이 왔나요?"

"사카자키 씨가 끝내 어려운 상황이 됐어요. 통증도 심한 데다 부인도 점점 지치고 있거든요."

"결국 그렇게 되는군요."

"펜토스(진통제)를 계속 늘려 처방했으니 이제는 의식 수준이 조금 떨어질지도 몰라요."

데쓰로는 말하면서 창밖으로 시선을 돌렸다.

2층에 자리 잡은 의국에서는 길을 사이에 두고 민가와 빌딩이 보인다. 이른 아침의 다소 서늘했던 기운은 온데간데없고 직사광선에 구워진 맞은편 기와지붕이 하얗게 빛나고 있다.

환기를 위해 살짝 열어 둔 창문으로 바람을 타고 아련한 현악기

선율이 들려왔다. 아마도 길 건너편의 샤미센 교실에서 나는 소리일 것이다. 내려다보는 사이에도 일본식 복장을 한 젊은 여성이 하얀 회반죽 건물로 들어가는 모습이 보인다.

"올해 저승사자는 꽤 부지런히 일하는 모양이에요. 사카자키씨를 봐주지 않으려나 봐요."

투덜대는 데쓰로의 중얼거림에 아키시카가 작게 고개를 끄덕였다.

그날 새벽, 데쓰로는 방문 간호로부터 전화를 받았다.

사카자키의 통증이 심해지자 간호하던 아내 메이코가 방문 간호 스테이션에 연락한 것이다. 동틀 무렵 데쓰로가 자택을 방문하자 사카자키는 잔물결처럼 왔다가 사라지는 구토감과 돌연 찾아오는 암성 동통에 식은땀을 흘리고 있었다.

"이거 참 지독하네요, 선생님."

말을 겨우 마친 사카자키의 마른 입술은 핏기 없이 파랬다. 미간 주름에는 굵은 땀방울이 맺혀 있다.

"이제 끝이 다가오는군요. 약 좀 늘려 주실래요?"

간절함과 비명이 담긴 목소리다. 그의 아내는 초췌한 얼굴로 멍하니 있을 뿐이다.

병과 싸우는 자와 그 곁을 지키는 자. 모두 한계에 이르렀다. 사람이 죽는다는 게 쉽지 않은 일이다. 반드시 고통의 계곡을 넘어야 한다. 일부 예외도 있지만 상당수가 그렇다.

의학이 발달한 요즘에는 통증과 구토감을 없애 주는 약도 나왔다. 약을 먹을 수 없다면 수액을 맞으면 되고, 수액을 맞을 수 없다면 붙이는 약을 쓰면 된다. 하지만 절대적으로 '약을 잘 쓴다고 마지막 시간도 편안하게 보낼 수 있는 것'은 아니다. 환자마다 약에 대한 반응이 천차만별이고, 어이없을 정도로 의사의 뜻대로 되지도 않는 데다가, 도움이 되기를 바라며 양을 늘린 모르핀에 호흡이 멈추는 환자도 있다. 이렇게 약을 늘리다 환자의 상태가 갑자기 나빠지면 의료인은 물론이고 남겨진 가족의 마음에도 후회와 자책감이 새겨진다.

그렇기에 데쓰로는 바로 대답하지 않았다. 막연한 결론은 이미 났다. 하지만 이를 애써 보류한 채 마음에서 숙고하고, 선택하고, 신중에 신중을 거듭하며 배회한 끝에 내린 결론은 처음 내린 결정과 같다.

그는 사카자키의 눈을 바라보며 조용히 말했다.

"약을 늘릴게요."

사카자키가 아내를 향해 희미하게 웃어 보였다.

미미한 동작이었는데도 어둠에 번뜩이는 불꽃처럼 선명했다. 메이코는 동그란 두 손으로 자기 얼굴을 감쌌다.

"의료라는 건 참 어렵네요."

아키시카의 목소리가 의국에 울려 퍼졌다.

"파동권!"

구호와 동시에 그가 말을 이었다.

"맞아요. 저도 때론 도대체 내가 뭘 하는 건가 싶어요."

의국에 설치된 대형 4K TV는 사반세기 전에 나온 게임을 하기에는 적합해 보이지 않았다. 화면을 누비는 거친 화질의 격투신은 오히려 더 도드라져 보였다. 화면이 화려하게 빛날 때마다 아키시카의 안경 렌즈에 반사되어 반짝반짝 빛났다.

"우리가 보는 환자의 대부분은 병을 고치려는 게 아니에요. 암 말기나 노쇠한 환자의 마지막을 지킬 뿐이죠. 결국 사망진단서를 쓰는 게 결승점이라면 결승점이겠네요. 시상대도 팡파르도 없는 결승점…."

파동권, 파동권, 연달아 필살기를 펼치며 금발의 캐릭터가 절묘한 타이밍으로 덤벼든다. 약간의 틈을 노려 달려드는 바람에 금세 형세가 역전되었다.

"마치 선생님은 예전에 대학 병원에서 수많은 위암과 대장암을 수술하셨다고 들었어요. 건강해져 퇴원하는 환자를 보며 보람도 느끼셨을 거예요. 그런데도 이런 작은 병원에서 묵묵히 일하고 계시는 걸 보면 대단해요."

"저도 대학에 있을 때보다 더 힘들다고 느낄 때가 있어요."

갑작스레 궁지에 빠진 게임 캐릭터를 눈으로 좇으며 데쓰로가 말을 이었다.

"그래도 여기서 일하게 돼 다행이란 생각도 들어요."

"다행이라고요?"

"대학에 있던 시절을 돌아보면 치료한 암의 형태나 색조는 확실히 기억하지만, 환자의 얼굴은 거의 기억하지 못했거든요. 제 나름대로 진지하게 의료에 임했지만 환자의 얼굴을 제대로 보지 못했어요. 하지만 여기서는 한 사람 한 사람의 얼굴이 잘 보여요."

아키시카는 여전히 컨트롤러 조작에만 열중이다. 데쓰로는 아직 못다 한 말을 풀어냈다.

"사망진단서가 결승점이라는 사실은 분명 슬프지만, 환자의 얼굴을 기억 못 하는 의사도 참 슬퍼요."

"그렇군요, 마치 선생님은 역시 저의 트랭퀼라이저예요. 이야기를 나누다 보면 제 마음이 안정돼요."

아키시카는 잠깐 말을 끊었다가 말을 이었다.

"다만, 환자의 얼굴이 보인다는 건 공감해요. 공감이란 건 마음 측면에서 상당한 중노동이라 슬픔이나 괴로움에 공감할 때는 충분히 주의해야 하지만요. 지나치면 마음의 그릇에 금이 가기도 하거든요. 금이 가면 눈물이 흐르고 깨져 버리면 좀처럼 원래대로 돌아가지 않아요. 그런 걸 정신과에서는 발병이라 정의하죠."

정신과 의사의 깊이 있는 말이다.

"사람은 발병을 막으려고 어떤 형태로든 레크리에이션을 하죠. 제가 스파투나 뿌요뿌요에 폭 빠져 살듯이요. 하지만 모든 게 레크리에이션으로 해결되지는 않아요. 지쳤다는 생각이 들 때면 휴대전화의 전원을 적당히 꺼 두어야 해요."

"명심할게요."

데쓰로가 웃었다.

"제가 전원을 껐을 때는 선생님이 대신 왕진을 가 주실 거죠."

"그 정도야 쉽죠."

그때 TV 화면에 큰 글자가 떴다.

[YOU LOSE]

아키시카는 끄응 실망한 소리를 내더니 자기 어깨를 툭툭 두드리며 데쓰로를 봤다.

"마치 선생님, 지금 한가하세요?"

10시 반이었다.

"류노스케를 기다리고 있어요. 사실 왕진에 시간이 조금 더 걸릴 줄 알고 주조 선생님께 데려와 달라고 부탁해 뒀어요. 아마 11시쯤 도착할 것 같아요."

"그렇군요, 그럼."

아키시카가 테이블 위에 놓여 있던 컨트롤러 하나를 내밀었다.

"제 레크리에이션에 동참하지 않으실래요?"

"스파투요?"

"이기든 지든 누구도 상처받지 않고 환자가 죽는 것도 아니니까요. 목숨을 건 승부도 중요하지만 책임지지 않아도 되는 싸움이란 것도 꽤 재미있어요."

데쓰로는 웃으며 컨트롤러를 받았다.

류노스케는 병원에 도착해 2층 의국으로 올라갔다.

"어서 와, 류노스케."

데쓰로가 등 너머로 인사를 건네며 열심히 버튼을 눌러댔다. 하지만 조작하던 붉은 조끼 캐릭터는 걷어차이며 화면 끝으로 날아갔다.

"마치 선생님도 스파투를 할 줄 아네요."

"미리 말해 두지만 네가 태어나기 전에 나온 게임이야. 나도 중학생 때 오락실 정도는 다녔다고."

"그런데 그렇게 당해요?"

류노스케의 말과 동시에 붉은 조끼가 "으아아!" 비명을 지르며 녹아웃 당했다.

"진짜 오락실 다녔던 실력치곤 너무 형편없어요. 류노스케가 더 나아요."

아키시카가 류노스케에게 눈짓으로 동의를 구했다.

류노스케는 종종 의국에서 데쓰로를 기다렸다. 대학 병원만큼 바쁘지 않아도 갑자기 왕진 갈 일이 생기거나 병동의 환자 상태가 갑자기 나빠지는 일이 발생했을 때다. 그럴 때면 아키시카가 항상 게임으로 류노스케와 놀아 주곤 했다. 아키시카뿐만 아니라 나베시마는 데리고 나가 저녁을 사 주기도 했고, 주조는 지금처럼 학원에 데려다 주거나 데리고 오기도 했다.

"류노스케, 여름방학인데 학원에 다닌다고?"

"영어 여름 집중 특강이에요. 3일 동안만요."

"안 되겠네."

제2 라운드를 시작하자마자 도망쳐 다니는 데쓰로에게 사정없이 연속 기술을 쏟아내며 아키시카가 태연하게 말을 이었다.

"게임도 안 하고 여름 특강을 듣다니 건강한 중학생이 그러면 안 되죠. 정신과 의사로서 조언하자면, 당신에게 지금 필요한 건 공부가 아니라 게임이나 데이트예요."

"아, 아…."

참패의 주인공은 데쓰로였다.

데쓰로는 컨트롤러를 내려놓으며 류노스케를 봤다.

"특강은 재미있었어?"

"네. 그렇지만 그런 엄청난 차로 마중 나오실 거면 차라리 저 혼자 집에 갈래요. 지하철을 타면 그리 불편하지도 않고…"

주조 아야가 애용하는 차 때문이다. 싫든 좋든 사람들의 눈길을 끄는 영국제 스포츠카 실버 애스턴 마틴으로 V8 엔진을 단 초고급 오픈카인 데다 운전자는 몸집이 작으면서도 존재감이 넘치는 주조 아야다. 학원 앞에서 그처럼 눈에 띄는 여성이 오픈카 운전석에서 선글라스를 올리며 손을 흔들면 주목을 받을 수밖에 없다.

"눈에 띄어서 왠지 이상해요."

"눈에 띄는 건 이상한 일이 아니야. 나쁜 짓을 해서 사람들 입에 오르내리는 건 좀 그렇지만. 여름방학이라 학원으로 데리러 가는 것뿐이잖아."

류노스케는 언뜻 보면 총명하고 많은 가르침을 주는 삼촌이 이런 문제에는 놀랄 만큼 둔감하다는 걸 안다. 그래서 어떤 반론도 통하지 않을 거라는 걸 알았다.

"그것보다 안 나가도 돼요? 하나가키 선생님이랑 만나기로 했잖아요."

류노스케의 재촉에 데쓰로가 황급히 시계를 쳐다보았다.

"이런, 큰일 났다. 아키시카 선생님, 감사했어요."

"천만에요. 병동 쪽 일은 걱정할 것 없어요."

아키시카가 모니터에서 눈을 떼지 않고 손을 올려 팔랑팔랑 흔들었다.

병원을 나온 데쓰로와 류노스케는 열기로 가득한 강가를 따라 북쪽으로 거슬러 올라갔다. 혼잡한 시내보다 바람이 통하는 하천 부지를 걸으면 그래도 시원하지 않을까 싶었지만, 역시 그늘이 없어서 덥기는 매한가지다.

이윽고 강기슭의 작은 돌계단을 올라 폰토초 일대로 들어서자 좁은 돌바닥 길이 이어진다. 검게 빛나는 격자문과 회반죽 벽으로 이루어진 오래된 민가가 나란히 늘어선 이곳. 바람에 날리는 포렴과 가게 이름이 장식된 처마가 흥취를 더한다. 언뜻 보기에 색채가 부족한 풍경인데도 창살 너머와 포렴 아래에 심어진 붓꽃과 초롱꽃이 은근히 눈을 즐겁게 해 준다.

"재미있는 거리네요."

류노스케의 말에 데쓰로가 아는 대로 설명했다.

"원래 이곳은 오래된 밤거리야. 최근엔 낮에 영업하는 가게가 늘면서 분위기가 상당히 달라졌대. 그래도 아직은 너 혼자 밤에 올 만한 장소는 아닌 것 같구나."

폰토초는 원래 고급 환락가다. 낮에는 포렴도 보이지 않고 나무문도 닫혀 있다. 영업하지 않는 가게들만 있나 싶을 정도로 한산했다. 그러다 밤이 되면 180도 달라진다. 휘황찬란한 조명 사이로 정장과 기모노 차림의 남녀가 오가며 매우 떠들썩해진다.

그런 격차가 이 일대를 대표하는 경치인데, 최근에는 낮 영업도 늘고 각종 체인점이 들어서면서 분위기가 많이 바뀌었다.

하나가키와 약속 장소는 처마 끝에 철제 랜턴을 내건 산뜻한 양식당이었다.

가게 정면의 폭은 좁았지만, 어두운 가게 안으로 들어서자 신기할 정도로 깊이가 깊었다. 그리고 바깥에서 들어오는 빛을 절묘하게 조정한 창가에 테이블이 늘어서 있다.

하나가키가 오른손을 들어 아는 척했다.

하나가키 옆에는 말쑥한 신사 한 분이 앉아 있었다. 거무스름한 턱수염을 기르고 반소매 와이셔츠에 루프 타이를 맨 신사가 데쓰로의 시선에 답하듯 일어났다.

"의료 잡지사 가쓰라기 편집장이야."

"가쓰라기라고 합니다. 처음 뵙겠습니다, 마치 선생님."

그가 건넨 명함에 가쓰라기 겐이라는 이름과 함께 《엑스퍼트 닥터》 편집장이라는 직함이 적혀 있다. 희미하게 풍기는 달콤한 향기에 데쓰로는 그가 파이프나 시가를 피는 고풍스러운 애연가이지 않을까 상상했다.

"《엑스퍼트 닥터》는 의사나 의과 학생을 위한 정보를 다루는 의료 잡지입니다. 그리 큰 출판사는 아니지만 정확하고 수준 높은 정보만 다루지요."

가쓰라기는 부드러운 태도로 자기를 소개했다.

"날 취재하러 오셨어. 보스턴에서 초빙된 내시경 라이브 이야기를 벌써 들으셨다더라고. 그래서 이번 호에 특별 기획으로 싣는다는 거야."

하나가키가 의기양양하게 말했다.

"대중매체에서도 상당히 주목하고 있다는 말이네요."

"그렇게 대단한 건 아니야. 가쓰라기 편집장은 오래전부터 알고 지내던 사이라 이번 기회에 내 논문을 다루어 주는 거지. 뭐, 호의적으로 봐 준다는 얘기도 맞고."

"호의적으로 보는 게 아니에요."

가쓰라기가 부드럽게 가로막았다.

"저는 하나가키 다쓰오라는 인물에게 반했어요."

다소 비굴하게 들릴 수 있는 대사임에도 가쓰라기의 자연스러운 태도에 오히려 정감 있게 느껴진다.

"선생님의 연구를 즐겁게 지켜 보고 있는 팬이죠."

숙련된 편집자다운 대답이다.

"팬? 고마운 표현이네."

그것을 가볍게 받아넘기는 부교수도 두둑한 배짱의 소유자다.

데쓰로는 동행한 조카를 소개한 뒤 맞은편 자리에 앉았다.

웨이터가 다가와 유리잔에 물을 따랐다.

"제가 온 게 불편하지는 않으시지요?"

가쓰라기의 눈이 데쓰로를 향했다.

"하나가키 선생님께 무리하게 부탁했어요. 내시경 권위자가 대학에서 선뜻 물러나 지역 의료를 지탱하고 있다는 말을 듣고 뭔가 흥미로운 냄새를 맡았거든요. 직감이라고나 할까요."

대놓고 하는 칭찬에 데쓰로는 민망한 나머지 류노스케를 바라봤다.

류노스케는 외삼촌이 자랑스럽다는 듯 웃어 주었다.

이윽고 류노스케를 제외한 세 사람은 잔에 샴페인이 채우며 제법 호사스러운 점심 식사를 시작했다. 웨이터가 첫 번째 음식을 내려놓으며 '플로럴한 아로마'와 '숙성된 과실과 발랄한 식초'가 들어간 전채요리라고 친절하게 설명해 주었다.

"전 그냥 유카 정도의 식당일 줄 알았어요."

데쓰로의 시선이 창밖 가모가와를 따라 늘어선 '유카'라고 불리는 테라스 형태의 공간으로 향했다. 하천 부지 위에 내단 나무로 된 테라스는 이 마을에서만 볼 수 있는 여름 풍경이다. 유카 주변에는 의외로 많은 관광객이 오가고 있었다.

"그것도 나쁘지는 않지만, 에어컨이 있는 현대사회에서 한여름에 할 짓이 아니야. 시원하기는커녕 상당히 덥다고."

"그렇긴 하죠."

데쓰로의 대답을 들으며 하나가키는 가볍게 샴페인을 마셨다.

전채 요리 다음으로 나온 갓 구워낸 버터 롤은 류노스케가 손끝으로 살짝 당기기만 했는데 조각조각 부스러졌다. 감탄의 한숨을 내쉬는 소년을 유쾌하다는 듯이 바라보며 하나가키가 깜빡 잊은 일이 생각난 듯 말을 꺼냈다.

"우리 의국원에도 아주 열성적인 젊은이가 있는데 말이야, 머리도 좋고 소질도 있어. 내시경을 더 공부하고 싶다는데, 하라다병원으로 가서 배우라고 해도 될까?"

"저한테요?"

"내키지 않아?"

"내키지 않는 게 아니라 사례 수 때문에요. 응급 내시경도 없고

요. ESDendoscopic submucosal dissection(내시경적 점막하 박리술)와
ERCPEndoscopic retrograde cholangiopancreatography(내시경 역행 담
췌관 조영술) 모두 일주일에 한 건 있을까 말까 한 병원이거든요. 대
학에 있는 편이 훨씬 배울 게 많을 거예요."

"난, 그 한 건을 보여 주고 싶은 거야."

하나가키의 단호한 말에는 내밀한 힘이 있었다.

데쓰로는 차분하게 고개를 흔들었다.

"이해해 주세요. 제가 가르칠 수 있는 건 아무것도 없어요. 대학
에는 니시지마와 아마부키도 있잖아요. 그런데 여기까지 오게 할
순 없어요."

"나도 그렇게 말해 주고 싶지만, 자네의 내시경 실력을 아는 사
람으로서 아무리 먼 길이라도 꼭 가라고 하고 싶은 거야."

"또 과장하시기는…."

데쓰로는 말을 끝내고 싶었다. 하지만 하나가키는 끝까지 유연
한 태도를 보였다.

"자네의 일솜씨가 그만큼 강한 인상을 남겼다는 말이야. 아직
도 다른 과의 의사들이 마치 선생님은 어디 갔느냐고 묻는다니까.
의국에도 네게 내시경을 배우고 싶다는 녀석이 지금도 많다고."

"그런 말이 교수님 귀에 들어가면 큰일나요."

"그렇지."

하나가키는 쓸쓸함을 표정으로 지나가는 웨이터에게 적포도

주를 주문했다.

"어쨌든 그 과묵한 히라이즈미 교수님을 격노하게 만든 유일한 남자니까."

"교수님을 격노하게 했다고요?"

가쓰라기가 이야기에 끼어들었다.

"그렇다니까. 이 남자는 실전부대의 수장으로서 의국을 이끌다가 갑자기 퇴국하겠다고 해서 교수님을 격분시켰지."

데쓰로가 쓴웃음을 짓는다.

"육아를 위해 내 위치를 조금 조정했을 뿐인데, 그렇게까지 화내실 줄은 몰랐어요. 덕분에 지금도 대학 의국에 출입이 금지되어 있다니까요."

"그만큼 기대하고 있었다는 거야."

말을 마친 하나가키는 적포도주를 가볍게 테이스팅했다. 마음에 드는지 웨이터를 향해 고개를 끄덕였다. 일련의 흐르는 듯한 동작을 류노스케는 긴장한 채 가만히 지켜보기만 했다.

"자, 이제 공부하느라 심신을 소모 중인 류노스케의 말을 들어보자고."

"아, 저는⋯."

갑자기 대화의 주인공이 된 류노스케는 당황했다.

"자기 방식대로 사는 보호자한테 이상한 영향을 받지 않도록 내가 확실하게 이끌어 줘야 하니까. 그런 의미에서 너도 훌륭한 의사가 될 수 있어."

무엇이 훌륭한 의사인지 정해진 답은 없다.

데쓰로와 하나가키 둘 다 그 정도는 알고 있다. 그러나 하나가키가 서 있는 자리는 다른 의사들보다 훨씬 많은 중압과 책임이 따르는 위치임은 분명하다.

최첨단 의료 현장은 성공하면 칭찬과 주목을 받으며 영광의 길이 열리지만, 실패하면 금세 비난과 비판에 휩싸이고 자칫하면 소송에 휘말리기도 한다. 한 번의 실수로 지위를 박탈당하고 삶 자체를 잃을 수도 있다. 물론 데쓰로가 직면한 현장도 마음은 편치 않다. 답이 없는 곳에서 죽음과 마주한다. 한마디로 혼돈 상태다.

가쓰라기는 두 선후배의 종잡을 수 없는 대화를 조용히 듣고 있었다. 나이프와 포크를 자연스럽게 움직이면서 마치 풍경의 일부라도 된 것처럼 존재감을 지우고 필요할 때만 나왔다가 다시 멀어졌다. 숙련된 청자聽者란 분명 이런 존재를 가리킬 것이다.

데쓰로가 버터 롤을 손으로 집어 들며 말했다.

"저는 류노스케가 훌륭한 의사보다 훌륭한 어른으로 성장하길 바라요."

"훌륭한 어른이요?"

다시 주목받은 류노스케는 놀란 눈으로 되물었다.

"그래. 세상에는 의사 말고도 사람을 도울 수 있는 직업이 많아. 정치인이나 과학자도 괜찮지. 의사는 사람의 생명은 구할 수 있지만 온난화를 막을 수 없어. 또 세계 평화도 가져다 줄 수 없지."

손에 든 빵을 바라보며 데쓰로가 계속 말했다.

"정치인이라면 환경을 지키는 법률을 만들 수 있고, 과학자라면 대지진을 예측해 많은 사람의 생명을 구할 수 있잖아."

"하지만…."

류노스케가 망설이며 입을 뗐다.

"저는 정치인이 되고 싶지 않아요. 정치인은 왠지 나쁜 짓만 하는 이미지거든요."

소년이 소년다운 반론을 하는 사이 흰 접시에 주문한 음식이 담겨 나왔다.

"그건 우리나라 특유의 문제야. 다른 나라에서는 아이가 장래 희망으로 정치가를 꼽는 일도 많아. 나는 그게 훨씬 건전한 사회라고 생각해. 이 나라에도 변변찮은 정치인들만 있었던 건 아니야. 나는 정치에 참여하는 사람들의 그릇이 이토록 작아진 건 정치 문제라기보다는 대중매체의 품성과 국민의 지성 문제라고 생각해. 신문과 잡지의 지면엔 부정적이고 공격적인 말들로 넘쳐나잖아. 무슨 일을 해도 비판과 비난만 받는 세상에 제대로 생각하는 사람이 어떻게 발붙일 수 있겠어."

장황하게 말을 내뱉던 데쓰로가 오늘 처음 만난 가쓰라기도 함께한다는 사실을 생각하곤 "아!" 하고 짧게 소리 내며 쳐다보았다.

"저는 신경 쓰지 마세요. 아주 흥미로운 이야기네요."

대중매체의 대표 격이 되어 버린 가쓰라기가 미소와 함께 답했다. 그는 햄버그스테이크를 칼로 잘라 천천히 입에 넣으며 말을 이었다.

"따뜻할 때 드시는 게 좋겠어요."

점심 메뉴의 메인은 데미글라스 소스를 뿌린 작은 공 모양 햄버그스테이크다. 조금 전에 요리를 내온 웨이터가 주재료는 와규와 유기농 양파라고 설명해 준다.

"정말 맛있네요."

한 입 먹은 데쓰로가 감탄했다.

그리 크지 않은 햄버그스테이크의 양념이 무척 담백하여 소재의 풍미가 놀라울 정도로 살아있었다. 고기 요리에서 향기를 맛깔스럽게 느끼는 경험은 데쓰로에게 신선하게 다가왔다.

가쓰라기도 한 입 먹고는 맘에 드는 듯 고개를 끄덕였다. 그 옆에서 하나가키도 만족스러운 듯 연신 포크를 입으로 가져갔다.

"참고로 나도 여기 처음 온 거야. 가쓰라기 씨가 추천해 준 가게거든."

"다른 맛집도 소개할게요. 교토에 살면서 한 집에만 가기에는 아깝죠."

냅킨으로 입가를 닦으면서 가쓰라기가 눈웃음을 지었다.

디저트로 과일을 곁들인 아이스크림이 나왔을 때 데쓰로의 휴대전화가 울렸다. 데쓰로가 휴대전화를 들고 나갔다. 씁쓸한 표정으로 들어오는 데쓰로에게 하나가키가 물었다.

"설마하니 일요일 점심시간인데 호출 온 거야?"

"제가 왕진 가는 분이 방금 호흡을 멈췄다고 하네요."

점심시간에 어울리지 않는 소식이었다.

"오늘 아침 펜토스를 늘린 참이라 조금 더 버티실 줄 알았는데 계산대로 되질 않네요. 저 먼저 일어설게요."

데쓰로는 류노스케에게 혼자 집에 가는 데 괜찮은지 확인했다.

"택시 부를까?"

하나가키가 물었다.

"괜찮아요. 병원으로 돌아가서 자전거 타고 갈 거예요. 그편이 빠르니까요."

"의국장이 꼭 가야 하는 일이야?"

"의국장으로서가 아니고 제가 가야 해요. '그동안 고생 많으셨습니다!'라고 말해 주고 싶거든요."

데쓰로는 가쓰라기에게 가볍게 인사한 다음 가게를 나섰다.

이제는 한 사람의 죽음에 입회하는 무게감과 어려움을 내비치지 않으면서 끝까지 평정을 잃지 않고 일처리를 해야 한다.

"정말이지 네 보호자는 괴짜야."

하나가키가 류노스케에게 시선을 옮기며 말했다.

"조카에게는 많은 사람을 구하는 큰일을 권하면서 자신은 한 명의 환자에게 집중하잖아."

은근한 존경이 스며든 말이다.

"대학에 돌아와 주면 더할 나위 없이 든든할 텐데, 아무래도 쉽게 움직일 것 같지 않네."

"그럴 것 같아요."

가쓰라기가 나직이 응수했다.

커피가 나왔다. 가쓰라기가 티스푼으로 느긋하게 컵 안을 휘저으며 말했다.

"하나가키 선생님이 그를 높이 평가하는 이유를 알 것 같아요. 상당히 불가사의한 선생님이시군요. 이야기를 듣고 있자면 임상가라기보다는 오히려 사상가라고나 해야 할까…?"

"맞아. 그게 데쓰로를 만나면 느끼는 소감일 수 있어."

하나가키는 숟가락으로 아이스크림을 떠먹으며 말을 이었다.

"대학 의국에 있을 때 그가 사용하던 책상 위에는 변변한 의학 서적은 없었지만, 쓸데없이 어려운 철학책들은 수북이 쌓여 있었으니까."

"철학책이요?"

"뭐였더라. 칸트, 플라톤, 흄, 스피노자…. 적어도 의사 책상으로는 보이지 않았지."

"예사롭지 않은 독서 편력이군요. 광범위한 공부이고요."

"그러고 보니 가쓰라기 편집장은 문학부 철학과 출신이라고 했

74

던가?"

"네. 학창 시절에 제 나름대로 다양한 서적을 닥치는 대로 읽었죠. 그러니까 데쓰로 선생이 플라톤이나 칸트와 같은 정통파 책을 읽었다면 이해하겠는데, 스피노자라니…. 참으로 흥미롭네요."

가쓰라기는 과거를 되짚듯이 창밖으로 시선을 돌렸다. 커피잔을 흔들며 향기를 즐기는 그의 모습에 류노스케는 매혹되듯 귀를 기울였다.

"스피노자는 불가사의한 인물이었지요. 짧은 일생을 사는 동안 역사에 남을 만한 대작을 남겼는데, 외람된 저술 때문에 평생 많은 비난과 박해를 받았어요. 결국 철학의 주 무대에 서지 못했지요. 하지만 죽기 직전까지 집필은 계속했다고 해요. 상점의 한구석에서 렌즈 갈이 일을 하면서 말이에요."

"렌즈 갈이?"

의아해하는 하나가키에게 가쓰라기가 조금 더 덧붙였다.

"고도의 기술과 집중력이 필요한 장인의 기술이죠. 틈틈이 할 수 있는 작업이 아니에요. 하지만 스피노자가 간 렌즈는 흐린 곳 하나 없이 훌륭했다고 해요."

그때 "딸랑!" 하고 가게 문이 열리면서 품위 있어 보이는 노부부가 들어왔다.

"저 선생님도 좋은 렌즈를 갈지도 모르겠네요."

류노스케가 쉽게 이해할 수 있는 말은 아니었다. 하지만 왠지 그렇다고 대답하고 싶어지는 말이었다.

하나가키는 꼼짝도 하지 않은 채 한동안 출입구를 가만히 바라보았다.

사카자키 유키오가 숨을 거둔 것은 그날 정오가 무렵이었다.

데쓰로가 사카자키의 자택에 도착했을 때는 이미 심장이 멈춘 그의 곁을 간호사가 지키고 있었다.

여느 때처럼 같은 이불을 덮고 사카자키가 누워 있었다. 약을 늘린 덕분인지 표정은 투병할 때보다 훨씬 편안해 보였다. 그렇지만 목숨이 떠난 그 뺨은 아침에 봤을 때보다 훨씬 야위어 보인다. 불현듯 이 정도로 살이 빠졌던가 싶어 의사로서 당혹스러웠다.

데쓰로가 할 일은 많지 않다. 환자를 마지막으로 진찰하고 사망 시각을 확정할 뿐이다.

사카자키의 아내 메이코도 흐트러진 모습을 보이지 않았다. 말없이 눈물을 닦고 가지런히 모은 양손을 다다미에 대고 말했다.

"오랫동안 감사했습니다."

목소리가 희미하게 떨렸지만 기운을 잃지는 않았다. 한 생명의 마지막까지 곁을 지키며 보낸 자의 기품이 배어났다.

"선생님 덕분에 본인이 원하는 대로 다다미 위에서 보내 줄 수 있었어요."

"모두 사모님 덕분이죠. 사모님이 안 계셨으면 저희가 아무리 노력해도 이런 식으로 마지막을 지켜드릴 수 없었을 거예요."

데쓰로 옆에서 간호사도 몇 번이고 고개를 끄덕였다.

"소소하지만 물방울떡이라도 하나 드시고 가실래요?"

메이코의 제안에 데쓰로는 완곡하게 사양했다.

간호사에게 뒤를 맡기고 사카자키의 집을 나서자 금세 숨이 막힐 정도로 열기가 에워쌌다. 맞은편 처마 끝에는 전날과 다름없이 하얀 반하생이 마른 여름 바람에 흔들리고 있다.

'과연 잘한 걸까…?'

데쓰로는 그런 질문을 하지 않기로 마음먹었다.

좋았는지 나빴는지는 따지고 보면 결과론일 뿐이다. 결과만 놓고 보면 예상이 틀린 일도 있고 힘이 미치지 못한 점도 보인다. 반성도 검증도 물론 중요하지만, 어디까지나 산 자의 영역일 뿐 죽은 자에게 바칠 말이 될 수는 없다.

데쓰로는 문을 향해 가볍게 인사했다.

"고생 많으셨습니다!"

그것이 떠난 자에게 보내는 유일한 말이다.

데쓰로는 고개를 들어 사카자키의 집에서 등을 돌렸다. 때마침 맞은편 나무문이 열리며 밀짚모자를 쓴 허리 굽은 노인이 나왔다. 왕진을 올 때면 항상 무뚝뚝한 얼굴로 한 손을 들어 인사해 주던 인물이다. 여러 번 마주치면서도 말을 주고받은 적은 한 번도 없었다.

그런데 오늘은 그 노인이 데쓰로를 향해 밀짚모자를 벗어들고 고개를 깊이 숙였다. 발밑에 있던 반하생도 살랑살랑 바람에 흔들리며 노인과 같이 고개를 숙인 것처럼 보인다.

일련의 광경이 투명할 정도로 자연스러워 데쓰로도 이끌리듯 정중하게 고개를 숙였다.

고개를 드니 여느 때와 다름없는 일상이 계속되고 있다.

하늘은 새파랗게 맑고, 돌바닥에서는 아지랑이가 피어오른다. 그리고 서 있기만 해도 흥건히 땀이 젖어 드는 더위가 온몸을 감싸 온다.

데쓰로는 자전거에 올라 평소보다 천천히 페달을 밟았다.

여름이 절정에 접어들며 북쪽 다섯 개 산봉우리에는 고잔오쿠리비五山送り火(교토시 무형민속문화재로 오봉에 이승에 내려온 선조의 영혼을 떠나보내는 전통행사)가 피어오르려 한다.

제2화
산에 올라 산을 그리다

"혈압이 170. 딱 좋지 않나요, 선생님?"

데쓰로의 외래 진료실에 도리이 젠고로의 굵은 목소리가 울려 퍼졌다.

혼잡했던 외래 진료도 오후가 되면서 드디어 끝이 보인다.

"내가 항상 말했잖아. 나는 말이야, 혈압이 180 조금 안 될 때 상태가 제일 좋다고."

도리이는 큰 손바닥으로 진찰 책상을 두드리며 쩌렁쩌렁하게 자기 지론을 펼친다. 벌써 몇 년째 고혈압으로 통원하는 환자다.

굵은 목소리와 두꺼운 가슴팍을 자랑하는 당당한 체구 덕분에 누가 봐도 75세로는 보이지 않는다. 건축 회사의 이사 경력을 자랑하듯 8월의 무더운 날씨에도 재킷을 입고 있다. 냉방이 약한 진료실이 더운 듯 목덜미에 부채질해 대는 그의 모습은 그야말로 왕년의 수완가 이사를 떠올리게 한다.

"도리이 씨, 그렇게 말씀하셔도….."

매번 듣던 상대의 주장에도 데쓰로는 한 치의 흔들림이 없다.

"약을 좀 더 늘리는 게 좋겠어요."

오랫동안 고혈압으로 통원하는 도리이는 항상 혈압이 160을 넘었고, 180을 넘을 때도 종종 있었다. 그런데 아무리 치료 강화를 제안해도 좀처럼 응해 주지 않는다.

"잘 들어요, 선생님."

도리이가 상반신을 데쓰로 쪽으로 쭉 내밀었다.

"인간이란 말이야, 각각의 얼굴과 키가 다르듯이 혈압도 천차만별이라고. 그래, 혈압을 내리는 게 좋은 사람도 있겠지. 하지만 다 똑같은 게 아니야. 혈압이 135를 넘었다고 교토 사람, 오사카 사람, 나라의 시골내기를 모두 싸잡아 고혈압이라고 단정 짓는 이런 어이없는 말이 어디 있나?"

"나라현 사람들이 들으면 화내겠어요."

"내 혈압이 140보다 밑으로 내려가 봐. 나는 바로 현기증이 나고 다리에 힘도 안 들어가 말할 기운도 없어진다고."

"그럼, 여러 사람을 위해 확실하게 혈압을 더 낮추기로 할까요?"

밀어도 당겨도 태연하게 버티는 데쓰로에게 도리이의 기세도 조금씩 죽는다.

이런저런 억지를 부리지만 도리이가 진료 예약 날짜에 착실히 오고, 타 간 약도 꼬박꼬박 챙겨 먹는다는 걸 데쓰로도 알고 있다. 완고한 인물이지만 비상식적이지는 않다. 요컨대 말은 통한다.

"고혈압이란 게 원래 증상이 잘 나타나지 않아요. 조용히 동맥경화가 진행되면서 갑자기 뇌경색이나 심근경색을 일으키는 거죠. 그리고 동맥류를 만들어 지주막하 출혈을 일으켜서 여러 가지 위험한 합병증을 유발해요."

데쓰로가 담담하게 설명하는데 도리이는 눈살을 찌푸리며 생각에 잠긴다. 잠깐 침묵하던 그가 물었다.

"꼭 약을 늘려야 되겠어?"

"조금만요."

도리이는 한참 고민 끝에 겨우 처방을 받아들였다.

도리이가 나가자 옆 진찰실에서 활달한 웃음소리가 들려왔다.

"괜찮아. 여기까지 왔으면 이제 남은 건 힘내는 것뿐이잖아."

목소리의 주인은 외과 외래 진료 중인 나베시마다.

"당연히 수술은 걱정되지. 물론 백 퍼센트 안전하다고 할 수는 없어. 하지만 안 할 수는 없거든. 괜찮을 거라고 믿고 극복하는 수밖에."

나베시마답게 시원스럽다. 벽이 가로막고 있어도 통로로 연결되어 있어 각 진찰실의 소리가 전부 들린다. 나베시마가 격려 중인 상대는 이번 주 수술하게 될 위암 환자다. 계속 불안해하는 환자에게 나베시마가 인내심을 가지고 한 마디 덧붙인다.

"같이 힘내 보자고."

마음에 와닿는 울림이 담겼다.

창가에 선 간호과장 쓰치다는 다정한 눈빛으로 외과 진찰실을 쳐다보았다. 환자에게 각각의 가치관과 인생관이 있듯 의사들 역시 천차만별이다. 진료 방식도 의사에 따라 사뭇 다르다.

"여전히 원장님다운 외래네요."

데쓰로의 말에 쓰치다가 돌아본다.

"네, 그렇지요. 원장님도 여전히 원장님답지만, 마치 선생님의 외래도 항상 선생님다워요. 그 완고한 도리이 씨를 잘 유도하고 계시잖아요."

데쓰로는 바람을 읽고 천천히 방향을 트는 범선처럼 진료한다. 조바심을 내지 않고 서두르지도 않는다. 멀리 바라보며 목적지까지 걸리는 시간을 재촉하지 않는다. 그런가 하면 거센 파도에도 아랑곳하지 않고 유유히 헤쳐 나가는 대형 유조선 같은 나베시마 같은 의사도 있다.

주조는 시원시원한 논리와 자신감 넘치는 미소를 무기로 삼는다. 아키시카는 말수가 없어도 독특한 완급을 주는 진료로 자연스럽게 환자의 긴장을 풀어 준다. 간호사로 여러 의사와 환자의 대화를 조망하는 쓰치다의 눈에는 각기 다른 진료 형태가 재미있는 풍경으로 비친다.

"마치 선생님, 지금 괜찮으세요?"

갑자기 들려온 목소리의 주인은 하라다병원의 사회복지사 미도리카와다.

"외래 끝나셨어요?"

"지금 막 끝났어."

잽싸게 도리이의 처방전을 입력한 데쓰로가 의자를 돌렸다.

"쓰지 씨 건 때문에?"

"맞아요."

가슴에 끌어안듯 파일을 든 자그마한 체구의 미도리카와는 어쩐지 미덥지 않은 인상을 준다. 하지만 그의 일처리는 신속하고 정확하다.

"쓰지 씨가 앞으로 내시경 치료를 더 받지 않겠다고 해요."

미도리카와가 파일을 열면서 곤혹스러운 표정으로 말했다.

쓰지 신지로는 4주 전에 토혈로 실려 온 알코올성 간경변증 환자다. 식도정맥류 파열로 진단되어 응급실에서 수혈하고 응급 내시경으로 지혈해 겨우 목숨을 구했다. 내시경 처치를 몇 번 더 추가해야 하는데 본인이 완강히 거부하고 막 퇴원한 참이다.

"돈 때문에?"

"그런가 봐요."

어깨를 축 늘어뜨린 미도리카와가 파일에 손을 얹은 채 말을 이었다.

"무직에다 혼자 사세요. 부인은 이미 타계하셨고 자녀도 없어요. 가끔 나가는 일용직 일이 유일한 수입원이고요. 요즘은 몸 상태가 안 좋아 수입이 더 줄어든 모양이에요."

"간경변증이 일어났으니까. 당연히 몸 상태가 안 좋겠지."

"그런데 이번에 입원비를 보고 상당히 깜짝 놀라신 것 같아요. 추가 치료는 도저히 감당할 수 없다고…."

데쓰로는 습관처럼 머리를 헝클어뜨렸다.

중증의 간경변증인 쓰지 씨의 입원 중 경과는 나쁘지 않았다. 무엇보다 걱정했던 알코올 금단 증상도 아키시카의 처방이 효과가 있었는지 거의 나타나지 않았고, 재활과 내복에 관한 간호사의 지시도 무척 잘 따랐다. 생각보다 손이 가지 않는 환자였는데 역시 쉽게 지나갈 수는 없는 모양이다.

"4년 전에 부인을 잃은 뒤로 외로움을 달래려고 술을 마시기 시작했대요. 수입 대부분이 알코올로 사라지는 것 같아요. 건강보험제도라도 신청해 보려는데 좀처럼 응해 주시지 않아서요…."

"면허증도 진작에 기한이 만료됐던데. 정말 빠듯하게 생활하고 있는 모양이네. 이번에 응급으로 정맥류 한 군데만 결찰結紮했을 뿐이라 추가로 하지 않으면 언제 또 파열할지 모르는데 정말 걱정이군."

데쓰로의 조용한 지적에 미도리카와가 볼을 경직시켰다.

"간경변증도 지속적인 내복 치료가 꼭 필요해. 하여튼 엄격하게 잘 관리하지 않으면 조만간 또 피를 토하고 실려 올 거야."

"통원 치료가 중요하다는 건 이해하셨는지 다음 주 외래에는 꼭 오신대요. 치료비에 관해서는 생활보장제도 얘기를 포함해서 지금 진행 중이에요. 그런데 아무래도 본인한테 위기감이 그다지 없는 것 같아요."

"그렇다면 나라도 진지하게 얘기할 수밖에 없겠군."

미도리카와는 부탁드린다며 고개를 숙였다. 그를 배웅한 쓰치다가 떨떠름한 표정으로 데쓰로를 돌아봤다.

"다음에 또 실려 오면 돈이 어쩌고저쩌고하면서 웃을 여유가 없겠네요."

데쓰로는 오른손으로 머리를 한번 긁적였다.

쓰지 씨는 추가 치료가 필요한 상황인데도 이를 거부하고 퇴원했다. 당연히 마음에 걸리지만 어떻게 관여해야 할지 어려운 문제다. 부인을 잃고 술을 마시기 시작했다는 말을 들으니 엄하게 말하기도 어렵다. 그렇다고 동정만 할 수는 없는 노릇이다. 또다시 토혈로 실려 온다면 본인은 물론이고 받아들이는 의료기관도 힘들다.

진찰실에 내려앉은 울적한 공기를 떨치듯 데쓰로는 창밖으로 시선을 돌렸다.

"날씨가 좋네. 이런 날은 데마치후타바의 콩떡이 먹고 싶어져."

"날씨에 상관없이 늘 그러시잖아요."

쓰치다는 가볍게 받아넘기고 진찰실을 나갔다.

병원 맞은편 샤미센 교실 처마 밑에 기모노 차림의 젊은 여성들이 강렬한 햇빛을 피해 모여 이야기를 나누는 모습이 보인다. 발표회라도 있었던지 그녀들이 입은 기모노에 그려진 붓꽃과 부용이 화려한 색을 뿜내니 병원 앞 화단의 꽃이 무색해질 정도다.

"마치 선생님."

막 나갔던 쓰치다가 돌아와 얼굴을 내밀었다.

"접수처에 손님이 오셨어요."

"손님?"

"낯선 손님이에요."

흘끗 벽시계를 쳐다봤다. 이제 막 오후 한 시가 지난 참이다. 바쁜 부교수가 들를 시간이 아니다.

"일단 들어오시라고 할게요."

쓰치다의 목소리를 흘려들으며 데쓰로는 마우스를 움직여 입원 환자의 진료 기록부를 열었다.

작은 동네 병원 의사로 근무하다 보면 다양한 손님이 찾아온다. 제약회사나 의료기기 영업이 목적이면 그나마 낫다. 의사의 수입을 노린 부동산업자나 수상한 물건을 파는 상인, 심지어 종교를 권유하는 사람이 원내로 들어오기도 한다. 고참 접수 담당자라면 이런 수상한 방문자 대부분을 걸러 주지만, 상대가 교묘하게 나오면 빈틈이 생기기도 한다. 어쨌든 약속도 없이 낮에 쳐들어오는 손님이라면 반가운 상대는 아니다.

"실례합니다."

손님의 목소리에 전자 진료 기록부를 보던 데쓰로가 무심히 고개를 돌렸다. 진료실에 들어온 사람은 남색 정장을 단정하게 입은 젊은 여성이었다.

여성은 작은 가방을 두 손으로 든 채 출입문에서 정중하게 고개를 숙였다. 키는 주조만큼 작았다. 검고 긴 머리를 목 뒤에서 하나로 묶었는데 하얀 볼은 긴장한 탓인지 살짝 붉게 물들어 있었다. 데쓰로가 처음 보는 상대다.

당황해하는 데쓰로 대신 상대가 먼저 입을 열었다.

"소화기내과 5년 차인 미나미 마쓰리라고 합니다."

"예? 의사라고요?"

얼빠진 질문에 여성은 성실하게 "네."라고 대답하며 다시 한번 고개 숙였다. 그럴 때 검은 머리가 요염하게 흔들린다.

"하나가키 선생님의 소개로 왔습니다. 화요일 오후뿐이지만 선생님께 지도받을 수 있게 되어 정말 기쁩니다. 잘 부탁드립니다."

멍한 데쓰로의 뇌리에 문득 하나가키 선배의 의미심장한 목소리가 울렸다.

—우리 의국원 중에 아주 열성적인 젊은이가 있는데 말이야.

얼마 전에 식사하면서 와인 잔을 들고 넌지시 던진 말이다.

―하라다병원에 가서 배우라고 해도 될까?

―제가 가르칠 수 있는 건 아무것도 없어요.

분명 그렇게 대답했건만 태연히 복병을 보냈다. 하나가키다운 농간이다.

"제가…, 민폐일까요?"

"아니, 괜찮아요."

데쓰로는 그 대답 자체로 하나가키의 계략에 빠졌음을 알았다. 애초부터 데쓰로에게 선택지는 없었다. 의자를 회전시켜 정면으로 마주한 데쓰로는 틀에 박힌 인사를 건넸다.

"제가 소화기내과의 마치 데쓰로입니다."

"알고 있습니다."

데쓰로는 무슨 말을 해야 할지 몰라 이리저리 시선을 돌리다 입구 너머에서 엿보고 있는 쓰치다를 발견했다. 그 뒤로는 다른 간호사들도 모두 호기심 가득한 눈빛으로 훔쳐보고 있다.

"미나미 선생님은 5년 차라고 했나요? 인턴을 마치고 나서 5년 차?"

"아니요, 인턴 포함해서 5년입니다. 소화기내과에 들어온 지 3년 차고 올해 스물아홉 살입니다."

데쓰로는 본의 아니게 초면에 여성의 나이를 물은 꼴이 되었다. 재치 없는 그들의 대화에 쓰치다가 팔짱을 낀 채 한심하다는 표정을 지었다.

"하나가키 선생님께서 마치 선생님의 내시경 기술이 특별하니 제대로 배워 오라고 말씀하셨습니다. 한 달에 두 번은 당직도 서고 필요하시면 그 외의 업무도 도와드리겠습니다."

"그거야 고맙지만 부담스럽기 그지없군. 하나가키 씨가 훌륭한 의사인 건 맞지만 의외로 무책임한 구석이 있어. 특히 남 이야기할 때면 요란하게 허풍 떨며 재미있어하는 못된 구석이 있거든."

말을 하던 데쓰로가 황급히 입을 다물었다.

미나미의 눈이 휘둥그레진 까닭이다. 당연했다. 하나가키는 라쿠토대학의 부교수이자 소화기내과를 통솔하는 권위 있는 실력자다. 더구나 머지않아 교수가 될 인물이다. 그런 미래의 교수를 작은 동네 병원의 내과 의사가 버젓이 '성격이 나쁘다'라고 평가했다. 대학 내에서는 절대 볼 수 없는 풍경이다.

데쓰로는 서둘러 화제를 바꿨다.

"여기까지 와 주었는데 오늘은 내시경 처치가 없어서 말이야. 오후에 세 건 정도 대장 내시경 검사하고 느긋하게 회진을 도는 게 전부인데, 이를 어쩌지?"

"그럼 검사하시는 것도 보고 회진에 함께 들어가도 될까요?"

"나는 상관없지만, 그다지 즐겁진 않을 거야."

"괜찮습니다. 방해가 되지 않도록 하겠습니다."

미나미의 열의 앞에 데쓰로는 거의 압도당하는 모양새로 연수를 맡게 되었다.

출입문 쪽에 있던 쓰치다가 정말 한심한 대답이라는 표정으로 또 한숨을 쉰다. 그 뒤에 있던 간호사들의 표정도 비슷하다.

'그 사이비 부교수 자식!'

데쓰로는 속으로 욕설을 퍼부었다.

"파동권!"

저녁이 된 의국에 또다시 구호가 울려 퍼졌다. 아키시카다. 소파에 앉아 컨트롤러를 조작하는 그의 손끝이 재빠르게 움직일 때마다 화면에서 가라테 조끼를 입은 캐릭터가 초인적인 기술을 선보인다. 데쓰로는 벽 쪽 의자에 앉아 커피잔을 든 채 멍하니 그 모습을 바라봤다.

의국의 창문은 환기를 위해 언제나 조금 열려 있다. 열기를 머금은 바깥 공기와 함께 오가는 사람들의 웅성거림이 다가왔다 멀어져 간다. 항상 들리던 샤미센의 음색은 들리지 않았다. 오늘은 일찍 교실 문을 닫은 모양이다.

"이건 스파투가 아닌가 봐요?"

데쓰로가 컵에 입을 가져다 대며 물었다.

"같은 캐릭터인데 지난번에 했던 스파투와는 화질이랑 움직임이 전혀 다르네요. 스파투에도 여러 가지가 있나요?"

"이건 스파식스예요."

"스파식스?"

"스트리트 파이터 6. 새로 나온 게임. 용권선풍각!"

구호와 함께 가라테 캐릭터가 공중에서 회전한다.

"스파투에 식스가 있나요?"

"스파투는 스트리트 파이터 2. 이건 스트리트 파이터 6죠."

거의 의미 없는 대화가 천장으로 날아 올라갔다가 흩어진다.

"다들 수고했어."

힘찬 목소리와 함께 나베시마 원장이 의국에 들어왔다. 원장은
냉장고에서 초콜릿을 꺼내 입에 던져 넣으며 데쓰로를 본다.

"뭐야, 마치, 엄청 피곤한 얼굴인데?"

"글쎄요. 오늘 따라 유난히 좀 피로하네요."

"그 젊은 선생님의 지도를 맡아서구먼."

어느 정도 짐작이 된다는 표정으로 미소 짓는 나베시마를 본 데
쓰로가 한숨을 내쉬었다.

"원장님이 허락하셨나요?"

"당연하지. 하나가키가 잊지 않고 원장인 나한테 먼저 연락해
왔지."

"저한테는 아무 연락도 없었어요."

"연락하면 거절할 테니까 미리 말하면 안 된다고 못 박더군."

하나가키도 대단한 정치가지만 원장 역시 탁월한 능구렁이다.

"그건 그렇고 젊은 친구지?"

싱글거리며 웃는 나베시마에게 데쓰로가 어깨를 축 늘어뜨린

채 대답했다.

"네, 젊어요. 게다가 예의 바르고 머리까지 좋아요."

"아직 20대라던데요."

요령 있게 손을 움직이면서 아키시카가 이야기에 끼어들었다.

"왜 이렇게 잘 알아, 준."

"간호사들에게 소문을 들었어요. 공부 목적이라지만 독신인 마치 선생님께 젊은 여성 의사가 찾아오면 간호사들도 마음을 졸이겠죠."

"부럽네. 청춘이구먼."

나베시마의 대꾸에 데쓰로는 말문이 막혔다.

"모두 관심 좀 꺼 주실래요? 다음 주에는 안 올지도 몰라요."

데쓰로의 뇌리에 미나미 마쓰리의 고지식한 얼굴이 떠올랐다.

"나이 드신 분이 많네요."

병동을 돌면서 미나미가 한 말이다. 대장 내시경 검사를 견학한 후에 회진을 도는데 예상외의 풍경이 펼쳐진 모양이다. 병동에는 내시경 치료로 폴립이나 암을 절제해 경과를 지켜보는 환자도 있지만, 거동을 못 하는 고령자만 있는 병실도 많았다. 그런 병실의 분위기는 병원보다도 요양 시설에 가까웠다.

"대화가 가능한 환자분은 별로 없나요?"

"내시경 처치 환자를 제외하면 거동을 못 하거나 치매 환자가 더 많으니까. 아까 병실에서 본 야노 기쿠에 씨가 제대로 대화할 수 있는 몇 안 되는 환자 중 한 분이야."

미나미는 곤혹스러움을 감추지 못했다.

데쓰로의 담당 환자에 한정된 이야기가 아니다. 종합내과의 아키시카는 물론이고 외과의 나베시마와 주조의 환자 중에도 고령자가 많았다. 그런 환자 중에는 제대로 대화가 가능한 사람이 더 적었다. 90세의 야노 기쿠에가 평소처럼 친절하게 인사해 주었지만, 그녀는 어디까지나 예외적인 경우다.

미나미는 원래 성실한 성격인 듯했다. 데쓰로의 설명을 세세히 메모하는 젊은 소화기내과 의사가 과연 90세의 심부전 치료에 어느 정도 흥미를 느낄지 심히 걱정되었다.

"이 환자에게는 아무 조치도 하지 않나요?"

미나미가 작은 수액을 달고 있는 비쩍 마른 여성의 침대 앞에서 걸음을 멈췄다.

86세의 시미즈 야요이는 거동을 못 하고 대화도 불가능하며 음식 섭취도 불가능한 환자다. 하루에 250㎖짜리 수액을 한 병씩 맞을 뿐이라 거의 뼈와 가죽만 남은 상태다.

"친척도 없고 오랫동안 시설에 있던 분이야. 지난달부터 식사도 어려워 입원하게 됐지. 이대로 임종까지 지켜볼 예정이야."

"먹지 못하시니까 위루를 만들어 드리면 되지 않나요?"

자못 솔직한 의견에 데쓰로가 고개를 좌우로 흔들었다.

"시설에 들어갈 때 쓴 연명 치료를 희망하지 않는다는 기록이 남아 있거든."

"위루가 연명 치료에 들어가나요? 영양을 관리해 주면 더 오래 사실 수 있을 것 같은데요…."

그 말 어딘가에서 어렴풋이 비난하는 기색이 묻어났다.

"어려운 문제네."

실제로 성가신 문제를 내포한 미나미의 질문에 딱 부러진 대답을 해 줄 수 없었다.

친척도 없고 돌아갈 집도 없으며 의사소통도 안 돼 누워만 있는 환자에게 위루를 만들어 원래 있던 시설로 돌려보내는 일이 과연 옳은 일일까? 명확한 답을 제시할 수는 없다. 짧은 시간에 미묘한 부분까지 세세하게 설명하기도 어려웠다. 그러니 데쓰로의 대답에 설득력이 실리기 힘들었다.

"뭐 알다시피 일본은 세계 제일의 고령 국가잖아. 의료의 최전선에 있는 병원은 대체로 이런 상황이지. 여기만 특별한 건 아냐."

애써 가볍게 대답하려 했다. 그것 때문에 오히려 경박하게 들렸을지도 모른다.

결국 고령 환자 십여 명의 회진을 끝으로 그날의 업무가 종료되었다.

"그런 일이 있었군."

나베시마가 초콜릿을 우물거리며 고개를 끄덕였다.

"거, 처음부터 자네 인상이 최악이었겠어. 하나가키에게 슈퍼 닥터라고 들었는데 막상 보니까 누워만 지내는 환자들을 버려 두는 의욕 없는 의사로 보였을 수도 있겠네."

원장의 논평은 핵심을 찌르는 만큼 기탄없다.

그때 게임에 열중하던 아키시카가 이야기에 끼어들었다.

"뭐 어쩔 수 없죠. 이제 겨우 5년 차인데 여기 같은 의료 환경을 볼 기회가 있었겠어요?"

"그렇지. 30년째 의사로 지내는 나조차도 망설여지는 일이 산더미 같아."

나베시마가 데쓰로의 어깨를 툭 두드리고서 말을 이었다.

"가끔은 일찍 퇴근하라고. 서류 업무 정도는 내일로 미뤄도 되잖아."

"그럴 수 없어요. 왕진 환자가 갑자기 열이 난대요. 보러 가 봐야 해요. 일단 나가기 전에 바닥난 기력을 충전 중이에요."

말을 마치기 무섭게 PHS가 울렸다. 데쓰로 표정이 심각해지자 나베시마가 물었다.

"왕진인가? 누구? 사카자키 씨는 돌아가셨잖아."

"이마가와 씨예요."

"그 췌장암 걸린 분?"

나베시마가 굵은 눈썹을 모았다.

호쾌할 뿐만 아니라 하라다병원을 찾아오는 환자들의 일을 놀라울 정도로 세세하게 파악하고 있는 점도 원장의 남다른 면모다.

"70정도에 국소 진행성 췌장암인 분이지?"

"네. 작년에 한번 라쿠토대학에 소개한 당시에는 70세였어요. 지금은 71세죠."

이마가와 도코는 지난해 말 초진에서 췌장암이 발견되었다. 수술에 희망을 걸고 대학 병원에 소개했지만, 절제가 어렵다고 결론나서 돌아왔다. 지금까지 항암제를 거부한 채 계속 자택에서 요양 중이다.

"이제 준비해야 하나?"

"단정하기 어려워요. 생각보다 경과는 안정적이었지만 발열이 있다면 힘들어질 거예요."

"그럼 오래 걸릴 수 있겠네. 그럼 집엔?"

목덜미를 북북 긁어 대던 나베시마가 말을 이었다.

"류노스케에게 저녁 좀 챙겨다 줄까?"

"괜찮아요. 아까 연락했더니 자기가 만들겠대요. 이제 걱정하지 않아도 될 만큼 다 컸어요."

"그거 참 대단하군."

나베시마가 창밖 석양을 바라보았다.

어디선가 본오도리 연습이라도 하는 것일까. 조금 전까지 조용하던 창밖에서 희미하게 북소리가 들려왔다. 그 소리에 이끌려 아키시카도 모니터에서 눈을 떼고 시선을 옮긴다.

"그리고 보니 이번 주말은 로쿠도 참배 기간이네요."

"벌써 그때가 왔나?"

로쿠도 참배는 로쿠도친노지 사찰에서 열리는 대표적인 백중맞이 행사 중 하나다.

절에 있는 우물과 이어진 저승에서 죽은 사람의 영혼이 이승으로 잠시 돌아오는 시기다. 즉 살아있는 사람들이 지금은 죽고 없는 사람을 맞이하고 추억하는 행사다.

"저승과 이승이 이어지는 시기지. 이번에 몇 명이나 끌려갈지 모르겠군…."

"손을 잡고 이끌어 줄 사람이 있으면 외톨이가 아니라는 말이 있잖아요. 이마가와 씨에게 의외로 나쁘지 않을지도 모르겠네요."

"그러게, 준은 항상 좋은 말을 하는군."

두꺼운 턱을 쓰다듬으며 나베시마가 사무치듯 중얼거렸다.

무더위가 이어지는 8월 초순의 주말, 데쓰로는 요시다야마에서 가까운 주택가에 모습을 드러냈다. 불과 며칠 전에 찾아왔었던 이마가와 도코의 왕진 때문이다.

조금만 더 가면 긴카쿠지로 이어지는 일대는 데쓰로의 왕진 범위 중 가장 북쪽 끝에 있다. 차로 왕진하는 아키시카에게 의뢰를 부탁해도 되지만, 예전에 근무했던 라쿠토대학과 가까워 이곳의

지리를 잘 아는 데쓰로가 맡게 되었다.

지난번 진료 때 38도의 발열이 있던 이마가와에게 항생제를 처방했다. 다음날 방문요양사로부터 열이 내렸다는 연락을 받았지만 상황을 살피기 위해 다시 찾은 것이다.

여름이 한창인 날씨다.

지금 시내는 도자기 축제와 헌책 축제가 열려 길을 잘못 들면 엄청난 정체나 인파에 휩쓸리고 만다. 데쓰로는 자전거를 활용해 교묘하게 사람들을 피하며 요시다야먀의 산기슭에 있는 큰 민가 앞에 도착했다.

민가보다 저택이라는 말이 더 잘 어울리는 건물에 '이마가와'라고 적힌 문패가 내걸려 있고, 토담 끝에는 기와지붕을 얹은 대문이 자리 잡고 있다. 대문을 지나면 징검다리 돌바닥에 이끌려 현관에 다다른다. 가지런한 징검다리 양쪽을 장식하는 철쭉과 잣나무, 백일홍 너머로 히가시야마의 산줄기가 보인다. 주위에 다른 건물도 있을 텐데 곳곳에 배치된 나무와 꽃들이 교묘하게 시야를 가린다.

"자연의 경치를 빌렸어요."

데쓰로를 마중 나온 이마가와의 장남 고이치로가 짧게 설명했다. 일본식 복장을 한 장남은 시선을 떨어뜨린 채 안쪽 복도로 걸어갔다. 그는 여느 때처럼 가볍게 허리를 굽히고 소리 없이 걸었다. 그 뒤를 따라가며 데쓰로는 오래된 시대로 거슬러 올라가는 듯한 기묘한 느낌에 사로잡혔다.

이마가와 가문은 교토에서 유서 깊은 꽃꽂이 유파라고 했다. 데쓰로는 자세히 모르지만, 에도 시대 중엽부터 번창하여 이곳에 광대한 저택을 하사받았다고 한다.

"원래는 난젠지 가까이에 본가가 있었어요. 그런데 시대의 추세에는 거스를 수 없었지요. 유신 이후에 힘을 잃고 토지를 팔아 지금은 이곳 별장만 남았어요."

이전에 이마가와 도코가 해 준 말이다.

이 저택이 별장이라면 본가는 얼마나 대단했을지 상상이 가지 않는다.

잘 닦여진 긴 복도를 두 번쯤 꺾어 들어가면 마주하는 널찍한 일본식 방이 병실이다.

"상태는 어떤가요?"

유카타 차림의 이마가와가 이불에서 천천히 몸을 일으켜 고개를 숙인다.

이마가와 도코는 71년 동안 격식과 전통의 사이에서 호흡해 온 여성이다. 소소한 동작 하나하나에 품격과 멋을 담고 있으면서도 사소한 행동 하나로 아가씨처럼 보이기도 한다. 아무런 망설임 없이 속세에서 벗어났다고 할 수 있는 몇 안 되는 여성이 아닐까. 목 뒤에서 하나로 묶어 어깨에 늘어뜨린 머리카락은 흰머리가 섞이긴 했지만 풍성했다. 빈혈로 인해 무서울 정도로 하얀 피부에 검은색과 은색이 섞인 머리카락이 대조되어 한층 더 선명해 보인다.

췌장암 진단을 받은 지 반년 남짓. 그녀가 항암치료를 거부한 이유는 지금의 풍성한 머리카락이 빠지는 걸 원치 않기 때문이다. 장남은 '머리카락쯤은' 하고 포기하라는 뜻으로 말했지만, 그녀의 초연한 태도는 조금도 흔들리지 않았다.

"머리카락을 포기할 바에야 차라리 이대로 가겠어요."

대갓집을 짊어져 온 사람이 지닌 품격 있는 대답이다.

원래 췌장암에는 항암제가 극적인 효과를 보이지 않는다. 때문에 주치의로서 처방이 망설여지기도 한다. 강력한 화학 요법을 처방했다가 비참하게 끝난 적도 있다.

"선생님이 보시기에 저 같은 환자는 바보 같아 보이나요?"

부드럽게 미소 지으며 묻는 그녀에게 데쓰로는 아무 말도 하지 못했다.

"주신 약 덕분에 열은 내렸어요. 고맙습니다, 선생님."

볼살은 빠졌어도 그녀의 표정은 사흘 전 왕진 때보다 훨씬 좋아 보인다.

"식사는 하셨어요?"

"오늘 아침에는 죽을 좀 먹었어요. 몸 상태는 좋아요."

"다행이네요."

그녀를 눕히고 형식대로 진찰한다.

빈혈, 수척함, 그리고 하지 부종. 물론 좋은 상태로 볼 수는 없지만 그렇다고 더 악화된 건 아니었다.

"일전에 난 열은 아마 가벼운 담관염 증세가 아닌가 싶습니다. 며칠 더 항생제를 드세요."

"알겠어요."

순순히 대답하는 이마가와의 목소리를 들으면서 진료 기록부에 메모했다. 시야에 들어온 도코노마(방에 어떤 공간을 마련해 인형이나 꽃꽂이로 장식하고 붓글씨를 걸어 놓는 곳)에서 질그릇 꽃병에 꽂힌 부드러운 보라색이 흔들리고 있다.

"패랭이꽃인가요?"

데쓰로의 질문에 그녀가 엷은 웃음을 짓는다.

"선생님은 꽃을 잘 아시나요?"

"아니요, 그냥 말해 봤어요. 꽃으로 유명한 집에 와 있으니 꽃이 더 잘 보여서요."

그녀가 재미있다는 듯 어깨를 떨며 웃었다.

"도쿄 사람은 고지식하다고 생각했는데, 선생님은 이렇게 웃음을 주시네요."

"저희 원장님은 환자를 웃기는 것도 의사의 일이라고 자주 말씀하세요."

"똑똑한 원장님이시군요. 그분은 인간관계에서 뭐가 중요한지 잘 아시네요."

두 번, 세 번 고개를 끄덕인 이마가와가 데쓰로의 눈을 정면으로 마주 보았다.

"열은 내렸지만 하루가 다르게 힘이 빠져요. 로쿠도 참배도 시작됐고 아마도 남편이 데리러 온 것 같아요."

말의 무게에 비해 목소리는 산뜻했다. 그럼에도 사각거리는 낙엽을 휘감아 가는 겨울 미풍처럼 메마르게 들렸다. 지금은 고인이 된 남편이 그녀의 목소리에 이끌려 맹장지(광선을 막으려고 안과 밖에 두꺼운 종이를 겹바른 장지) 너머에서 훌쩍 들어올 것만 같은 기색마저 느껴진다.

그녀는 밝은 정원으로 고개를 돌리더니 눈이 부신 듯 눈을 가늘게 떴다.

마당에 접한 장지문이 열려 있었다. 에어컨이나 공기청정기 바람을 싫어하는 그녀가 자연의 바람이 흐르도록 열어 둔 것이다. 더위가 심하지만 그래도 산에 가까워서인지 시내와는 달리 의외로 바람이 시원했다.

"해마다 남편 혼자 돌려보내기가 쓸쓸한데 올해는 따라가도 되지 않을까 싶어요. 이제 더는 버티기 힘드니까요."

데쓰로도 정원으로 시선을 돌렸다.

석가산에 배치된 투박한 바위 너머로 연분홍빛 백일홍이 흔들렸다. 참새 몇 마리가 나무 그늘에 내려앉았다. 지저귀는 소리는 들리지 않는다.

"버티지 않으셔도 돼요."

데쓰로의 말에 이마가와의 눈동자가 가늘게 떨렸다. 장남 고이치로가 무슨 의미로 한 말이냐고 눈빛으로 물었다.

"표현이 이상하지만, 버티지 않으셔도 돼요. 그렇다고 너무 서두르지도 마세요."

데쓰로는 단어 하나하나 고르듯 말을 자아냈다.

"저쪽 세계로 가는 길은 일방통행이거든요. 특별한 날 돌아올 수 있다고 해도 언제든지 왕래할 수 있는 건 아니죠. 그러면 이 단아한 정원도 저 아름다운 히가시야마도 원할 때 바라볼 수 없어요. 그러니 너무 서두르면 아깝잖아요."

그녀가 장남을 보고 희미하게 웃었다.

"정말, 이상한 선생님이시네요. 암 환자한테 힘내라거나 포기하지 말라는 말씀을 안 하시네요. 그저 서두르지 말라고만 당부하시고."

장남은 겨우 데쓰로 말의 의미를 알아채고는 안심했다.

"서두르지 말라.' 꽤 운치 있는 말이에요."

쇠약해지는 어머니 앞에서 장남은 한결같이 감정을 드러내지 않았다. 오랜 예절에 따라 의연하게 행동하는 법을 배웠기 때문이다. 그것이 어머니의 소망이자 이 집안에서 만들어 온 내력이다.

엄격한 자세로 허무함을 떨쳐 버리는 내공이 있다. 많은 목숨의 마지막을 지켜봐 온 데쓰로는 울부짖는 것만 슬픔을 표현하는 방법이 아님을 이미 알고 있었다.

"훌륭히 커 준 아들이 이렇게 옆에 있어 주니 선생님은 더 느긋하게 계셔도 되겠어요."

데쓰로의 듬직한 말에 이마가와는 고맙다는 듯 웃었다.

"2주 뒤에 또 찾아뵐게요. 무슨 일이 있으면 방문 간호에 연락하시고요."

데쓰로의 인사에 그녀가 한 마디 덧붙인다.

"패랭이꽃은 들에 핀 모습이 더 예쁩답니다."

미숙한 제자를 타이르는 듯한 엄격함과 상냥함을 겸비한 말투였다.

이마가와 저택을 나온 데쓰로는 다음 왕진할 집에 들르기 위해 남쪽으로 자전거를 몰았다.

비와코 수로가 북쪽에서 가모가와로 합류하는 일대, 차도 못 들어갈 정도로 얽히고설킨 주택가의 상가에 사는 환자다. 이름은 구로키 간조, 올해 92세다. 1년 전 뇌경색으로 쓰러져 거동을 못 하게 된 후로 집에서 왕진받는다. 1층에서 골동품 가게를 운영하는 아들 간이치와 둘이 산다.

"항상 죄송해요, 선생님. 이놈의 아버지가 아직 살아계세요."

쌓아 올린 골동품 사이로 불쑥 얼굴을 내민 아들의 첫마디다.

대머리 간이치는 장사치답게 다소 말이 거칠지만 악의는 없다. 정면의 너비가 불과 두 칸밖에 되지 않는 좁은 가게 앞은 갓길까지 쌓인 나무상자와 소품들로 어수선하다. 그 사이를 빠져나가 안쪽으로 쑥 들어가면 방에 간병용 간이침대가 있다. 골동품들 때문에 일반 침대 반입은 꿈도 못 꾼다.

데쓰로가 다가가자 침대에서 침을 흘리며 자고 있던 구로키 씨가 멍하니 눈을 떴다.

"아버지, 선생님 오셨어!"

"아, 예…. 안녕하세요."

인사하는 구로키 씨의 입가를 아들이 휴지로 닦았다.

치매가 약간 있고, 때때로 목에 가래가 끓긴 하지만 천천히 대화를 나눌 정도는 된다. 간호 서비스를 받아 잠깐 외출할 때를 제외하면 하루 대부분을 침대 위에 누워 지낸다. 식사할 때도 침대째로 상반신을 일으켜 아들의 도움을 받아야만 먹을 수 있다. 요 1년 사이 가끔 미열이 났지만 뇌경색이 재발하거나 심각한 폐렴을 앓는 일은 없었다.

"이렇게 매번 신세를 지네요. 선생님."

구로키 씨는 쉰 목소리로 인사를 마치자마자 이어 가래가 섞인 기침을 해댄다. 간이치가 다시 익숙한 솜씨로 가래를 닦아냈다.

"우리 아버지, 언제쯤 가실까요?"

데쓰로는 깜짝 놀랐다. 이렇게 노골적으로 말하는 아들이라니. 그런데도 침대 위 아버지는 빠진 치아를 드러내며 웃는다. 수없이 왕진을 다녔지만 이렇게까지 노골적인 집도 드물다. 데쓰로는 웃음으로 당황스러움을 넘겼다.

간단히 진찰하고 다음 왕진 날짜를 전하고 나왔다. 생각보다 시간이 오래 걸리지 않았다. 진료를 마치고 밖으로 나오자 여전히 숨이 막힐 듯한 바깥 공기가 데쓰로를 기다렸다.

이 시기에 다니는 왕진의 애로사항은 더위뿐이 아니다. 실내와 실외의 기온 차이에 따른 피로감도 만만찮다. 직사광선 아래를 자전거로 이동하고 시원하게 냉방 중인 실내에 드나들기란 아무리 좋게 말해도 중노동이다. 이런 점도 고려하여 오후 왕진에 이마가와와 구로키 두 명만 잡았다. 생각할수록 정말 잘한 일이다.

자전거 바구니에 왕진 가방을 밀어 넣은 데쓰로는 금세 땀이 배는 이마에 손을 대면서 거리를 바라보았다. 여행객일까. 몇몇 젊은 여성의 무리가 교성을 지르며 지나간다. 유모차를 미는 젊은 엄마와 땀을 닦는 정장 차림의 남성도 보인다. 학생으로 보이는 청년의 자전거는 바람을 가르며 달려간다.

그다지 넓지 않은 이 마을에서 참으로 다양한 풍경을 한눈으로 볼 수 있다.

광대한 저택의 깊숙한 곳에서 암과 싸우는 환자도 있고, 작은 먼지투성이 상가에서 생활하는 환자도 있다. 거기서 한 발짝 벗어나면 질병이나 목숨을 의식하지 않고 일상을 사는 사람도 있다.

예전에 대학 병원에서 필사적으로 뛰어다닐 때는 의식하지 못했던 세계다. 데쓰로는 잠시 멈춰 서서 주위를 바라보다 자전거에 올라타 페달을 밟았다.

8월 16일, 교토 고잔에 불이 피어오른다.

드디어 고잔 오쿠리비가 시작된 것이다. 여름의 옛 수도를 수놓는 대표적인 행사 중 하나인 오쿠리비는 원래 고향에 돌아온 조상의 영혼을 정토로 돌려보내는 불의 제례다. 뇨이가타케의 '대大' 자를 시작으로 묘·법妙法, 선형(배 모양), 좌측 대大자, 도이(신사의 문) 모양에 차례로 불이 피어오르며 밤하늘을 엷은 붉은빛으로 물들인다.

고잔의 다섯 봉우리는 높지 않아 마을 어디에서나 볼 수 있는 건 아니다. 빌딩의 옥상이나 가모가와 강가로 나가야 한다. 하지만 그곳은 관광객으로 붐비기 때문에 교토 토박이들은 대부분 가지 않는다. 그들은 오쿠리비를 직접 보지 않아도 좁은 도로나 민가의 툇마루에서 붉은빛으로 물든 밤하늘을 올려다보며 조용히 손을 모은다.

"엄청난 인파였어요."

류노스케가 저녁을 차린 식탁에 앉으며 말했다.

식탁 위에는 밥과 함께 가지와 다진 고기볶음, 된장국, 절임 등 중학생의 손으로 만들었다고 믿기 힘든 메뉴가 늘어섰다.

"오늘 친구들이랑 시조카와라마치에 놀러 갔는데 도로도 엄청나게 막히고 시내버스 안에도 사람이 가득했어요."

"그랬겠지. 나도 아자리모치를 사러 다이마루에 들를 기운이 안 나더라."

8월의 밤에 사람이 붐비면 그저 사람만 많은 것이 아니라 한여름의 열기와 제사의 활기가 더해져 대로변은 숨이 막힐 정도다.

"뉴스를 보니 가모가와 삼각주는 엄청났대요."

"거기서는 오쿠리비가 정면으로 보이니까."

데쓰로는 가모 대교의 남다른 인파를 떠올리며 부드럽게 익힌 가지를 씹었다. 가지에 밴 다진 고기의 감칠맛이 입안에 퍼지며 더위로 줄어든 식욕을 기분 좋게 자극한다.

"오쿠리비는 죽은 사람을 모시는 행사죠?"

"맞아. 매년 이 시기에 죽은 사람이 돌아왔다가 다시 저쪽 세계로 돌아가지. 1년 중 며칠 동안 집에 돌아왔던 사람들을 돌려보내기 위한 게 오쿠리비니까."

"죽은 사람이 돌아오는군요."

류노스케는 죽은 어머니를 떠올리는 게 분명했다. 데쓰로도 여동생 미야마 나나가 며칠만이라도 이곳에 돌아온다면 좋겠다고 생각했다.

여동생 나나는 도쿄에서 태어나고 자랐다. 덜렁거리는 성격이라 데쓰로와 류노스케가 사는 교토의 이 작은 아파트를 제대로 찾아낼지는 상당히 걱정스럽지만…. 엉뚱한 생각으로 웃음 나자 데쓰로의 마음이 따뜻해진다.

"류노스케, 다음 주에 기타노텐만구에라도 갈까?"

"갑자기 왜요?"

"분명 1학기 기말고사 성적이 꽤 좋았을 테니 학문의 신 미치자네에게 참배하러 가는 것도 괜찮지 않을까 해서."

"마음은 감사하지만, 그곳에 가는 목적이 미치자네가 아니라 조고로모치 아닌가요?"

류노스케의 지적은 정확했다.

3년 가까이 함께 지내다 보니 이제는 데쓰로의 생각까지 속속들이 읽어 낸다.

"잘 들어, 류노스케."

데쓰로가 젓가락을 멈추고 진지한 표정을 지었다.

"세상에는 우리가 죽기 전에 꼭 먹어야 할 맛있는 음식이 세 가지 있어. 알아?"

"아니요?"

"야키모치, 아자리모치, 조고로모치지."

"전부 떡이잖아요."

조카의 항의에 데쓰로는 오히려 만족스러웠다.

"힘들 때나 열심히 할 때는 단 걸 먹는 게 최고의 보상이거든."

류노스케는 이미 알고 있었다는 듯 웃는다.

"외로울 땐 단 걸 먹는 게 최고야."

류노스케가 교토에 처음 왔을 때부터 데쓰로가 음식 이야기가 나오면 자주 하던 말이다.

외삼촌은 어머니를 잃고 낯선 곳으로 이사 온 조카에게 그 말을 되풀이하면서 열심히 조카를 데리고 일본 과자를 먹으러 다녔다. 떡뿐만 아니다. 네리키리에 별사탕, 후가시와 구운 과자에 이르기까지 실로 광범위했다. 덕분에 류노스케는 중학교 1학년임에도 불구하고 교토의 전통 과자점에 대해 빠삭하다. 물론 류노스케도 데쓰로가 단것을 좋아하기 때문이라는 걸 안다. 그렇지만 자신의 기운을 북돋우려고 더 열심이었다는 것도 잘 안다.

"아, 교토 말고 이세의 아카후쿠나, 다자이후의 우메가에모치도 빼놓을 수 없지."

끝까지 떡에서 벗어나지 못하는 외삼촌을 보며 류노스케는 필사적으로 웃음을 참았다.

"그건 그렇고 네 요리 실력이 하루가 다르게 일취월장이구나. 엄마가 이런 것까지 가르쳐 준 거야?"

"엄마는 요리 못 했어요. 하지만 항상 맛있는 음식을 먹는 게 중요하다고 하셨죠. 그리고 공복은 최대의 적이라고도 했고요."

"그랬군…."

"빚은 아무리 많아도 두렵지 않지만 배고프면 아무런 일도 할 엄두가 안 난다는 게 입버릇이셨어요."

"빚은 친구로 삼고, 공복은 적으로 삼으라는 말은 우리 마치 집안의 가훈이야. 아버지와 할아버지 모두 늘 하시던 말씀이지."

데쓰로의 본가는 도쿄 상공업 지역에 있었다. 그곳에서 작은 금속 조각 공장을 운영했는데 늘 경영난에 허덕였다. 하지만 가훈 속 '친구'인 빚은 풍부했음에도 공복인 '적'에게 시달리지는 않았다. 부모님이 고심한 성과였다.

데쓰로가 아련한 감상과 노는 동안 류노스케는 빈 접시를 솜씨 좋게 정리했다.

문득 데쓰로의 시선이 식탁 구석에 놓인 작은 책 한 권에 딱 멈췄다.

"이것 봐라…, 류노스케."

그가 집어 든 책을 본 류노스케는 장난을 들킨 아이처럼 고개를 움츠렸다.

"스피노자의 《에티카》잖아?"

"서재의 책장에 있어서요."

"어쩐 일이래, 갑자기?"

"그게… 그냥…."

책에 손을 댄 게 미안한 듯 우물쭈물하는 류노스케의 모습에서 언뜻 하나가키와 가쓰라기가 떠올랐다.

"하나가키에게 또 무슨 말을 들었구나."

"무슨 말을 들었다고 할 정도는 아니에요. 다만 마치 선생님이 즐겨 읽던 책이라는 얘기를 들었는데, 가쓰라기 씨도 아주 재미있는 철학자라고 하시더라고요."

"하지만 이 책은 유난히 난해해. 읽기가 만만치 않을 텐데…."

"그래도 마치 선생님은 몇 번이나 읽으셨잖아요. 다시 읽은 흔적이 많던데요?"

데쓰로가 웃으며 책장을 훌훌 넘겼다.

"스피노자는 아주 불가사의한 철학자야. 저술 내용은 물론이고 삶에도 수수께끼가 많아."

"수수께끼요?"

"스피노자의 책은 당시 기독교 사회에서 '악마의 서'로 규탄 받아 금서 취급을 당하기도 했어. 덕분에 그는 이곳저곳 전전하며 지위나 명예와는 인연이 없는 불우한 삶을 보냈지."

류노스케는 더 호기심이 일었다. 그동안 스피노자를 위대한 철학자로만 알았기 때문이다.

"재미있는 점은 힘든 삶을 산 사람 특유의 비장함이나 절망감이 그의 작품에 없다는 거야. 꽤 불합리한 일을 당했는데도 단테와 같은 푸념이나 니체와 같은 해학도 보이지 않고, 이지적이면서 고요하고 편안한 분위기가 감돌지. 그만큼 종잡을 수 없는 철학자라고 할 수 있어. 하지만 가끔 내가 알고 싶은 것에 대한 답을 줄 거같은 한 문장이 갑자기 눈에 띌 때가 있어."

데쓰로는 아련한 표정으로 책을 뒤적였다.

"제1부가 '신에 대해서'였지. 도입부터 만만치 않아."

"안 읽는 편이 나을까요?"

"아니, 괜찮아. 도대체 무슨 말인지 모르겠다는 사실을 아는 것도 중요하거든. 읽고 '이해했다'라고 생각하는 독서가 훨씬 위험하니까."

류노스케가 기분 좋은 목소리로 물었다.

"그럼 조금 더 빌려 읽어도 되죠?"

"마음대로 해."

데쓰로가 미소 지으며 책을 건넸다. 그때 휴대전화가 울렸다.

전화를 받은 데쓰로는 가볍게 어깨를 움츠렸다.

"이런, 오쿠리비 탓인가. 병동에 갑자기 상태가 나빠진 환자가 있다네."

"당직 선생님이 대응하실 수 없는 일이래요?"

밤에 병원에서 호출하는 일이 별로 없기에 류노스케는 의아했다. 왕진 환자의 상태가 갑자기 나빠져 불려 가는 일은 자주 있지만, 원내에는 데쓰로가 아니어도 나베시마나 주조와 같은 베테랑 의사가 대기하고 있었다. 그렇기에 원내에서 일어난 일로 데쓰로가 호출되는 일은 그리 흔치 않았다.

"사실 오늘 밤은 대학에서 온 젊은 선생님이 당직을 서고 있어. 배우려는 열의가 넘치는 선생님이 나 대신 당직을 서 줬거든."

데쓰로는 찻잔에 남은 차를 단숨에 들이키며 짧게 덧붙였다.

"늦을지도 모르니까 먼저 자."

갑자기 상태가 나빠진 환자는 90세의 야노 기쿠에였다. 지난달 심부전이 악화되어 몸 상태가 나빠졌지만, 이뇨제를 조정한 뒤로 차도를 보이고 있었다. 최근에는 식사도 할 수 있게 되어 퇴원 여부를 검토하던 참이었다.

데쓰로가 병원으로 달려가자 미나미 마쓰리가 심각한 얼굴로 기다리고 있었다.

보름쯤 전에 데쓰로를 찾아온 미나미는 일주일에 한 번 화요일 오후마다 하라다병원으로 출근한다. 그런데 공교롭게도 그때부터 백중맞이에 들어가면서 아직까지 큰 내시경 치료를 볼 기회가 없었다. 데쓰로가 하는 대장 내시경 검사 몇 건과 병동 회진하는 모습만 견학했을 뿐, 특별히 가르침을 줄 만한 상황도 없었다. 그렇지만 미나미는 불만 없이 당직까지 자청했다.

"수고가 많아."

데쓰로의 목소리에 미나미가 경직된 표정으로 고개를 숙였다.

"늦은 시간에 죄송합니다."

"괜찮아. 미나미 선생이 고생이 많지. 환자 상태는 어때?"

빠르게 복도를 걸으면서 데쓰로가 물었다.

"오늘 저녁 식사 때 간호사가 말을 걸어도 반응이 없었대요. 점심 식사는 했고, 오후 간호사 순회 때까지 아무렇지 않게 대화했다고 해요."

기쿠에의 병실에는 두 명의 간호사가 데쓰로를 기다리고 있었다. 한 사람은 병동 주임인 고쿄다.

"오셨어요."

짧게 인사하는 고쿄에게 데쓰로는 고개를 끄덕이며 심전도 모니터를 확인했다. 가뜩이나 몸집이 작은 환자가 여러 기구에 연결된 모습을 보자 더욱 작고 불안해 보인다.

"기쿠에 씨"

데쓰로가 불러도 대답이 없다. 평소라면 웃으며 "잘 부탁드려요."라고 말할 그녀였지만 큰 소리로 불러도 반응하지 않는다. 환자의 마른 손을 잡고 손톱 위를 꾹꾹 눌러도 미동조차 하지 않는데다 호흡수에도 변화가 없다.

"통증 자극에도 반응이 없군."

"채혈하려고 바늘을 찔렀을 때도 반응이 없었어요. 혈압은 그대로예요. 하지만 SPO2가 낮아 산소마스크를 달았어요. 지난주까지 상냥하게 이야기하셨던 게 거짓말 같아요."

미나미도 고령 환자 중 보기 드물게 의식이 또렷했던 기쿠에를 떠올렸다.

"내가 오늘 아침에 회진할 때도 확실히 대화할 수 있었는데…."

데쓰로는 고쿄가 노트북 컴퓨터 화면에 띄운 경과에 눈길을 돌렸다. 평소와 달라진 수치는 보이지 않았다. 간 기능과 신장 기능 모두 정상이고 전해질도 변함없으며 염증 반응도 그대로다. 옆에 있던 고쿄가 입을 열었다.

"오후 5시 순회 때까지 대화가 가능했어요. 이상하다고 느낀 건 6시가 넘어서예요."

"뇌경색이 아닐까요?"

바짝 긴장한 채 미나미가 말했다.

90세 고령자의 의식 수준이 갑자기 떨어졌고, 혈액 검사에도 큰 변화가 없는 이상 충분히 가능성 있는 진단이다.

"뇌 CT에서도 특별한 이상은 보이지 않았어요. 급성기 뇌경색을 진단하려면 MRI가 필요한데 여기에는 없으니까 대학 병원으로 이송해야 해요."

미나미의 제안에 데쓰로는 대답하지 않았다. 무언가 걸렸기 때문이다. 미나미의 눈에는 그런 태도가 별로 좋지 않게 비친 모양이다.

"선생님, 지금 이송해야 하지 않나요?"

미나미의 목소리가 날카로워졌다.

"가족에게 연락했어?"

데쓰로는 전혀 다른 질문으로 미나미의 입을 막았다. 고쿄가 난처한 듯 대답했다.

"야노 씨는 원래 혼자 사셔서 가까운 가족이 없어요."

"그랬지. 붓코지 근처에서 혼자 사신댔지."

데쓰로는 손을 뻗어 기쿠에의 눈을 벌렸다. 빛을 비추자 동공이 극도로 수축된다.

"양쪽 눈 모두 동공이 수축하는군."

"뇌간부 경색에서 흔히 볼 수 있는 소견이에요. 뇌간이라면 더 위험한 경색으로 판단할 수 있고요."

미나미의 말투가 빨라진다. 하지만 천천히 고개를 끄덕이면서도 데쓰로는 여전히 움직이지 않는다.

"선생님, 야노 씨는 90세지만 평소에 이야기를 할 수 있던 분이에요. 오늘 낮에도 스스로 식사하셨고 퇴원도 검토 중이었어요. 아무리 고령이라지만 이대로 임종을 지키실 생각은 아니시겠죠?"

빨리 결정하라는 미나미의 재촉이다. 빠른 말투로 튀어나오는 말들을 듣고 있자니 그녀의 눈에 데쓰로가 어떻게 비치는지 알 거 같다. 참을성 있고 예의 바른 미나미가 그동안 전혀 그런 태도를 내보이지 않았지만, 데쓰로가 그다지 좋은 인상을 주지 않은 것만큼은 확실해 보인다. 내시경 처치도 없이 그저 한가롭게 고령자들의 회진이나 돌고, 환자의 상태가 갑자기 나빠져도 침묵하는 데쓰로에게 경의를 표할 수 없다는 경고 같다.

"임종을 지킬 생각은 없어."

"그렇다면⋯."

데쓰로는 왼쪽 손바닥을 들어 보이며 미나미를 제지했다.

"조금만 시간을 줘⋯."

데쓰로는 가만히 기쿠에를 응시한 채 오른손 검지를 천천히 움직이며 기쿠에의 머리부터 발끝까지 차례로 확인한다.

무엇에 이상한 느낌을 느꼈을까? 그것이 지금 데쓰로의 최대 관심사다.

급격한 의식 수준 저하.

두 눈의 동공 수축.

발열 없음, 빈혈도 없음.

경부 림프절에 종창 없음.

흉복부에 이상 없음, 하지에 가벼운 부종.

데쓰로의 검지가 기쿠에의 몸을 쭉 쓸고서 이번에는 바이털 사인 모니터로 향한다.

혈압, 맥박, 호흡수, 산소 농도….

모든 수치를 하나씩 확인한 순간 갑자기 손끝이 딱 멈추었다.

가장 아래의 산소 농도까지 갔던 손끝이 천천히 돌아와 그 위의 수치를 가리켰다.

맥박 46.

'이상한 느낌의 정체가 너였구나.'

데쓰로는 혼잣말로 중얼거렸다.

미간을 살짝 찌푸린 미나미는 그 말의 의미를 조금도 헤아릴 수 없었다.

"어제도 맥박이 이렇게 낮았어?"

질문을 받은 고교는 노트북 단말기에서 확인한다.

"어제 낮에는 55였어요."

"이틀 전에는?"

"60에서 70 전후…. 조금씩 내려가고 있었네요."

"서둘러 12유도 심전도를 준비해 줘요."

고쿄가 재빨리 달려 나갔다.

이를 지켜보며 미나미가 초조함과 곤혹스러움이 반반 섞인 목소리로 말했다.

"마치 선생님, 뇌경색 치료의 골든타임은 6시간이죠? 저녁 5시쯤에 마지막으로 야노 씨의 건강한 모습을 확인했으니 이미 5시간이 지났어요."

"그렇다면 앞으로 한 시간은 여유 있다는 거네."

데쓰로의 대답에 거의 말문이 막힌 미나미에게 따뜻한 말투로 이어 이야기했다.

"조금 이상하다고 생각하지 않아? 뇌경색은 서맥을 일으키는 질환인가?"

"그건… 단언할 수 없지만, 부정맥일지도 몰라요."

"그럴지도 모른다는 말은 안 돼. 확인해야 해. 그리고 아마 부정맥은 아닐 거야."

고쿄를 비롯한 간호사들이 들어와 기쿠에게 심전도 기기를 장착했다.

"이만큼 맥박이 떨어졌는데도 혈압은 정상이야. 순환기 관련 문제치고는 앞뒤가 안 맞지."

데쓰로가 오른손으로 기쿠에의 바지를 살짝 끌어 올렸다. 그러자 바지 엉덩이 쪽이 갈색으로 물들어 있다. 고교가 알아차리고 이야기에 끼어들었다.

"설사가 샜네요. 바로 닦을게요."

"나중에 해도 돼. 심전도가 먼저야."

미나미는 데쓰로와 간호사들의 동작을 말없이 바라보았다.

데쓰로의 말대로 부정맥은 없었다.

"혼수, 동공 수축, 서맥, 설사⋯. 미나미 선생, 이 증상들을 어떻게 생각해?"

"글쎄요. 저는 무슨 영문인지⋯."

"모르겠나. 특징적인 일련의 병세야."

"일련의 병세요?"

"자율신경계지. 남은 건 원인이 무엇이냐인데⋯."

중얼거리던 데쓰로는 옆에 놓여 있던 노트북을 끌어당겨 손가락을 놀렸다. 타닥타닥 자판을 두드리다 손을 멈추고 화면을 미나미 쪽으로 돌렸다.

"범인을 찾았다. 기쿠에 씨는 예전부터 우브레티드를 복용하고 있었어."

우브레티드는 잔뇨감이나 요실금이 있을 때 고령자에게 흔히 처방되는 약이다. 지극히 일반적인 처방으로 미나미도 알고 있다.

"그 약이 뇌경색과 관련이 있나요?"

"뇌경색이 아니야."

미나미의 눈을 바라보며 데쓰로가 말을 이었다.

"콜린성 위기cholinergic crisis야."

콜린성 위기.

미나미는 처음 듣는 병명이다. 검색해 보니 방광 관련 우브레티드 약으로 발병할 수 있는 위험한 병세라고 나왔다. 약은 일반적으로 처방되는 데다가 흔하게 일어나는 사태가 아니라 보기 드문 부작용에 해당했다. 하지만 진단이 늦어져 사망하는 사례도 보고되었다.

데쓰로는 기쿠에를 곧바로 일반 병동에서 HCU(고도치료실)로 이동시켰다. 모니터에 표시된 기쿠에의 바이털은 치료 덕분에 맥박이 돌아오고 산소 농도도 점차 개선되었다. 침대에 누워 있는 기쿠에는 조금 전에 살짝 눈을 뜨고 대답도 했다. 아직 충분하지 않지만 불과 몇 시간 만에 확실히 의식이 돌아오고 있었다.

이미 새벽 2시가 넘었다.

데쓰로는 기쿠에에게 아트로핀 황산염atropine sulfate hydrate을 투여했다. 그리고 그녀의 먼 친척에게도 전화해 그간의 상황을 설명했다. 이제 남은 것은 경과를 지켜보는 일뿐이었다.

"뒤는 제가 지켜볼게요."

미나미의 말에 데쓰로는 조금만 더 있겠다고 대답했다. 한동안 모니터를 바라보던 데쓰로는 이윽고 "잠시 눈 좀 붙일까."라고 말하더니 벽 쪽 의자에 가서 몸을 기댔다. 그리고 눈을 감음과 동시에 새근새근 숨소리를 냈다.

미나미는 인터넷 화면으로 시선을 돌렸다. 한 약사의 홈페이지에 들어가 보니 약 설명서에도 콜린성 위기가 빨간 글씨로 기재되어 있었다. 하지만 흔히 일어나는 일이 아니어서 모르는 임상의도 많단다.

"모르면 진단할 수 없다. 진단하지 못하면 결정적인 때를 놓칠수도 있다."

그렇게 적힌 문구를 보며 미나미는 탄식했다.

'정말 맞는 말이야!'

의사로서 열심히 공부했다고 생각했는데 의료라는 광대한 세계를 실감한 기분이다.

콜린성 위기는 소화기내과 질환이 아니다. 그러기에 누군가 이병에 대해 묻는다면 전공 분야가 아니라 모른다는 핑계를 댈 수있다. 하지만 그 대답 후 스스로 부끄러워지고 비참해질 거다. 무엇보다 같은 소화기내과 데쓰로는 그 짧은 시간에 미나미가 쏟아내는 압박을 받으면서도 필요한 정보를 정확하게 모아 진단했다.

생각이 여기에 이르자 다시 한번 데쓰로가 대단해 보인다. 그의 잠든 모습은 혼수상태인 기쿠에를 물끄러미 바라보던 날카로운 눈빛이 언제였냐는 듯 무사태평한 모습이다.

데쓰로는 간호사 고쿄가 가져다 준 담요를 무릎에 덮고 있었다. 원내 냉난방은 중앙에서 관리하므로 스테이션만 냉방을 약하게 조절할 수 없다. 미나미는 그 사실을 알고 배려한 고쿄의 세심함에 자신은 흉내조차 낼 수 없을 거란 생각이 든다. 모든 면에서 역부족인 자신에게 암담한 기분이다.

"미나미 선생님, 오늘 밤 고생하셨어요."

고쿄였다. 그녀는 차가 든 페트병을 내밀었다.

미나미는 고쿄에게 황급히 고개를 숙였다.

"아, 감사합니다."

"처음 당직 선 날인데 힘들었죠. 이런 소동이 좀처럼 일어나는 병원이 아닌데…."

"그렇군요."

"이건 나중에 데쓰로 선생님께 드려요."

고쿄는 페트병 옆에 캔 커피를 놓았다.

"저, 죄송해요, 고쿄 씨."

어깨너머로 얼굴을 돌리는 고쿄에게 미나미가 자신없는 목소리로 계속 이야기했다.

"제가 뇌경색이라고 단정 짓고…. 완전히 헛짚었어요."

"그건 제게 사과할 게 아닌 거 같은데요?"

고쿄의 함축적인 대답이었다.

"혹시 마치 선생님이 기쿠에 씨를 치료하지 않고, 적당히 임종이나 지킬 거라고 생각했어요?"

갑자기 파고드는 질문에 미나미는 고개를 숙였다.

"죄송해요, 그런 생각을… 전혀 안 했다고는 할 수 없어요."

그런 미나미의 태도에 잠시 생각하던 고쿄가 말을 이었다.

"솔직해서 좋네요."

고쿄가 웃었다. 미나미가 깜짝 놀랄 정도로 부드러운 미소를 지으면서.

고쿄는 카운터 너머 병동으로 눈길을 돌리며 말했다.

"여기서 하는 의료는 아마도 미나미 선생님이 지금껏 봐 온 의료와는 조금 다를 거예요. 대부분은 치매나 암 환자이고, 나머지는 이미 관에 한 발을 넣은 노인들뿐이죠. '회복될 사람'은 거의 없어요."

예상치 못한 말에 미나미는 그만 어안이 벙벙해졌다. 고쿄가 말을 이었다.

"하지만 그렇다고 우리가 아무것도 치료하지 않는다고 생각하면 그건 큰 착각이에요. 이곳에서 하는 일은 어려운 병을 고치는 게 아니라 낫지 않는 병과 어떻게 마주할 것인지 알려주는 거지요. 그러니까 치료에 전념하는 의사라면 애초에 이 병원의 시스템을 이해하기 힘든 일이죠."

"네…."

얌전히 대답하는 미나미를 보며 고쿄의 미소가 쓴웃음으로 바꾸었다.

"선생님은 내가 제멋대로 하는 말을 진지하게 들어 줄 정도로 상냥한 사람이네요. 요즘 보기 힘들 정도로 솔직하니까 내가 못되게 말하는 것 같고요."

"그렇지 않아요. 감사해요."

미나미가 고개를 숙였다. 고쿄는 갑자기 말투를 달리했다.

"근데 미나미 선생님은 왜 소화기내과를 선택했어요? 조금 더 일하기 쉬운 과도 얼마든지 있을 텐데."

"일하기 쉬운 과요?"

"예전에 마치 선생님이 그러셨어요. 소화기내과는 환자도 많고, 응급도 많고, 위험한 처치도 많다. 확실하게 힘든 과 중 하나라 요즘은 전공으로 선택하는 학생이 줄었다고요."

고쿄의 눈에는 진지한 빛이 서렸다. 그래서 미나미도 솔직하게 대답했다.

"아버지가 위암으로 돌아가셨어요."

"아버지께서?"

"네. 제가 아직 고등학생일 때요."

"그래서 소화기내과로?"

"하지만 처음엔 소화기과 의사가 되기에는 체력에 자신이 없었어요. 그런데 하나가키 선생님이 위내시경으로 위암을 절제하시는 모습을 보고 이 길로 정했어요. 벌써 5년 차인데도 아직 부족한 점이 많지만요."

꾸밈없는 미나미의 대답에 고쿄는 고개를 끄덕였다.

"너무 개인적인 질문이 돼 버렸네요. 죄송합니다."

"괜찮아요. 저야말로 여러모로 감사합니다."

격식 차린 답례의 응수가 어쩐지 어색했던 두 사람의 입에서 억지로 참는 웃음소리가 동시에 새어 나왔다.

"아, 마치 선생님의 내시경 치료를 얼른 볼 수 있으면 좋겠네요. 그게 연수 목적이죠?"

"네. 역시 고쿄 씨가 보기에도 마치 선생님은 대단하신가요?"

"전 내시경에 대해선 잘 몰라요. 그래서 얼마나 대단한 선생님인지…."

고쿄가 아직도 자고 있는 데쓰로에게 시선을 돌렸다.

그때 병동의 전화가 울렸다.

달려가는 고쿄의 등을 보며 미나미는 묘한 기분이 들었다. 미나미에게 마치 데쓰로는 아직도 종잡을 수 없는 의사다. 언제나 온화하고 다정해 보이면서도 한편으로는 미덥지 않아 보인다. 솔직히 말하면 나태하게 비치기도 한다. 한 가지 확실한 점은 압도적인 박력을 자랑하는 부교수 하나가키와는 전혀 다른 유형의 인간이라는 것이다.

"네? 정말이에요?"

느닷없이 들려온 고쿄의 목소리가 미나미를 현실로 데려왔다.

무언가 빠른 말투로 대화를 나누던 고쿄가 이윽고 작게 숨을 내쉬
며 전화를 내려놓았다.

"무슨 일이에요?"

"오늘은 운수 사나운 날이네요. 이제부터 응급 내시경에 들어
가게 될 거예요. 여기 다니는 환자분이 토혈로 실려 온다나 봐요."

"응급 내시경이라고요?"

"네. 밤에는 웬만해선 응급환자가 없는데 말이에요."

가볍게 앞머리를 넘긴 고쿄가 문득 의미심장한 말을 던졌다.

"잘됐네요, 미나미 선생님."

"잘됐다고요?"

"내시경을 볼 수 있게 됐다는 말이죠. 어서 마치 선생님을 깨워
주시겠어요?"

미나미는 바로 대답하지 않았다. 의미를 이해하지 못해서가 아
니라 고쿄의 미소가 기막힐 정도로 매력적으로 보였기 때문이다.

미나미가 황급히 일어섰다.

다음 날 아침, 출근한 하라다병원의 상근 의사들은 낯선 풍경을
마주했다. 의국 구석에서 졸린 얼굴로 이를 닦고 있는 내과 의사
와 컴퓨터 앞에 앉아 충혈된 눈으로 열심히 진료 기록부를 작성하
고 있는 여의사의 모습이었다.

"하필이면 쓰지 씨가 돌아왔군."

사정을 들은 주조가 미나미에게 동정의 눈길을 보냈다.

"그 술꾼 환자죠?"

"네, 식도정맥류 재파열이에요."

수면 부족으로 눈이 충혈된 미나미는 허리를 꼿꼿이 세운 채 대답했다.

주조는 주전자를 들어 찻잔에 뜨거운 물을 따랐다. 의국 구석에서 칫솔을 들고 입이 찢어져라 하품하는 데쓰로의 뒷모습도 슬쩍쳐다봤다.

"마치의 말대로 됐네. 추가 치료를 거부하고 돌아갔으니 곧 돌아올 거라더니."

"네, 마치 선생님도 이미 예상한 일이라며 당황할 필요 없다고하셨어요. 밤늦게까지 선술집에서 술을 마시다가 갑자기 피를 토했대요."

"어휴, 가게 주인도 겁났겠어."

주조가 들고 온 찻잔 두 개 중 하나를 미나미에게 내밀었다.

"아삼차야, 마실래?"

"네, 감사해요."

옆에 걸터앉은 주조는 모니터의 진료 기록부를 들여다보며 잔에 입을 가져다 댔다.

"진료 기록부는 그렇게 쓰면 충분해. 부족한 게 있으면 나중에내가 채워 줄 테니 가서 조금 쉬어."

"그렇지만…."

"그런데 왜 바릭스(정맥류)가 여기로 실려 온 거야. 밤에는 응급
당번 병원이 있잖아?"

"환자 본인이 구급대원에게 말했대요. 하라다병원의 의사가 병
세를 잘 아니까 거기로 데려가 달라고요."

"피투성이인 환자가 그렇게 말하니 데려올 수밖에 없었겠네.
또 성가신 사람의 마음을 사로잡은 거야. 역시 마치다워."

주조는 가운 주머니에서 에너지바를 꺼내 미나미 앞에 내려놓
았다.

"그래서 염원하던 내시경은 봤어?"

짧은 질문에 미나미는 그때의 흥분이 아직 가시지 않은 듯 고개
를 끄덕였다. 불과 네 시간 전에 본 새빨간 내시경 화면이 지금도
눈에 선하다. 격류처럼 솟구치는 정맥류의 출혈. 엄청난 혈액으로
출혈점이 한순간 보이더니 금세 피의 바다에 가라앉아 아무것도
보이지 않았다. 내시경 화면은 거의 폭풍에 휘말린 난파선 같은
양상이었다. 진짜 폭풍과 다른 점이 있다면 덮쳐오는 폭우와 거센
파도가 새빨갛다는 점과 침대 옆에서 혈압 저하를 알리는 모니터
가 맹렬하게 경고음을 울리고 있다는 것이다.

응급 호출된 쓰치다와 병동에서 도우러 달려온 고교가 이마에
식은땀을 흘리며 보조하고 있는 가운데, 시선을 돌리면 평소와 다
름없는 무표정한 얼굴의 데쓰로가 내시경을 조작하고 있다.

"출혈이…, 좀처럼 멈추지 않네요."

떨리는 미나미의 목소리에 데쓰로가 대답했다.

"아마 그럴 거야. 혈소판이 2만 개도 안 돼. 코피만 나도 쉽게 멈추지 않는 수치라고."

날이 바짝 선 대답이었다.

처치가 어려웠던 이유는 출혈량 때문만은 아니었다. 정맥류 출혈과는 별개로 위에 생긴 작은 궤양에서도 출혈이 있었다.

'약도 안 먹고 또 알코올로 실컷 소독했군. 꼴이 말이 아니네.'

데쓰로는 중얼거리면서 빠르게 지혈제를 주사하고 결찰술을 진행했다. 작은 나무토막을 하나씩 쌓아가듯 차근차근 상황을 개선해 나갔다. 제1 조수인 미나미는 하라는 대로 필사적으로 지시에 따랐다.

"위험한 정맥류가 더 있네. 이 바이털에서 다른 정맥류에 손을 대는 건 정말 위험하지만 쓰지 씨가 나중에 순순히 추가로 진료를 받을지 어떨지…."

미나미는 눈앞의 출혈 치료만으로도 벅찬데 데쓰로는 미래를 내다보고 있었다.

겨우 응급 내시경이 종료되었다. 치료에 걸린 시간은 30여 분.

시야 확보부터 치료 기구의 선택, 판단 속도, 미나미와 간호사에게 내리는 지시에 이르기까지 훌륭하다는 표현할 수밖에 없는 처치다.

"마치, 잠은 좀 잤어?"

주조의 말에 거울을 보며 이를 닦던 데쓰로가 크게 하품하며 돌아섰다.

"두 시간은 잔 거 같은데요…."

긴장감 없이 느릿느릿한 답변이다.

"좀처럼 볼 수 없는 버라이어티한 밤이었나 봐."

"대학 병원이 생각났어요. 툭하면 이런 일이 일어났으니까요. 그땐 어떻게 그러고 살았는지 제가 생각해도 기가 막혀요."

칫솔을 입에 문 채 데쓰로는 미나미를 쳐다보았다.

"그래도 유능한 조수가 있어서 다행이었어요. 내시경은 조수와 호흡이 잘 맞으면 스트레스를 안 받거든요. 덕분에 내시경이 잘 됐어요."

그의 말에 미나미는 자신의 볼이 붉게 달아오르는 것을 느꼈다.

"아…그게… 저는 특별히…."

주조는 부끄러워하는 미나미를 즐겁게 지켜보며 말했다.

"그래서 오늘 마치의 일정이 뭐였더라? 분명 오후에는 대장 내시경 검사가 있었지. 백중맞이도 끝나 외과 수술이 없으니 내가 대신 해 줄까?"

"아니요. 일은 괜찮아요. 아자리모치나 조고로모치라도 있으면 아직 더 할 수 있는데…."

"있을 리가 있나. 오전 일정은?"

"오전에는 병동인데, 회진은 할 수 있어요. 이래봬도 아직 30대라고요."

"뭐야, 그거 싸움 거는 거야?"

아니라며 손사래 치는 데쓰로 너머로 "좋은 아침입니다."라고 인사하며 나베시마가 들어왔다.

"마치 선생님, 병동은 제가 볼게요. 선생님은 제 트랭퀼라이저니까요. 무리하게 할 수는 없죠."

언제 들어왔는지 아키시카가 나섰다.

"아니야. 괜찮아."

"뭐 어때, 도움 좀 받으라고"

갑자기 복도에서 나베시마의 굵은 목소리가 날아들었다.

"마치. 혼자서 할 수 있는 일에는 한계가 있어. 서로 상부상조하는 거야."

말만 하고 얼굴도 내비치지 않은 채 멀어져 가는 원장님.

유유히 아삼차를 맛보는 주조.

무언가 수상한 안정제를 천천히 먹고 있는 아키시카.

칫솔을 문 채 차례로 고개 숙여 인사하는 데쓰로까지.

그들을 지켜보는 미나미의 입가에 절로 미소가 지어진다.

언뜻 보기에 제각각인 의사들이 아주 자연스럽게 맞물리면서 하라다병원이 돌아가고 있다.

"미나미 선생님은 괜찮아?"

드디어 칫솔을 내려놓으며 데쓰로가 물었다.

"전 괜찮아요. 아주 귀중한 경험을 했어요. 감사합니다."

"그래? 그렇다면 다행이고. 너무 실망시키면 하나가키 선배에게 무슨 말을 들을지 몰라."

데쓰로는 옛 동료들이 생각난다는 듯 장난기 어린 말을 이었다.

"하나가키 선배뿐만이 아니야. 니시지마는 상냥함이 부족하고, 아마부키는 젊은 나이에 비해 말하는 게 직설적이잖아. 그렇게 머리가 좋은 사람들은 평가에 아주 냉정하거든."

하나가키는 물론이고 다른 의사들도 미나미에게는 대선배이기에 뭐라고 대답할 수 없었다.

미나미가 적당한 답을 찾아 우물쭈물하는 사이 데쓰로의 PHS가 울렸다.

전화를 받은 데쓰로는 "뭐?" 하고 놀란다. 그러더니 두 번 세 번 사실을 되묻고 나서야 이윽고 "알았어."라고 대답했다.

"백중맞이라 그런가?"

전화 내용을 대략 눈치챈 주조가 말했다.

"방문 간호에서 온 전화지?"

"네⋯."

"이마가와 씨가 간 거야?"

"아니요, 구로키 씨요."

주조는 입가로 가져가던 찻잔을 멈췄다.

아키시카가 뒤돌아봤다.

"니조에 사는 구로키 할아버지가 가셨나요?"

"오늘 아침 아들이 방에 가 봤더니 호흡이 멎어 있더래요."

데쓰로는 의사 가운의 깃을 고치며 계속 말했다.

"죄송해요, 아키시카 선생님. 병동 회진 좀 부탁드려요."

"네네 당연히. 그렇지만 안타깝네요. 귀여운 할아버지와 말재간이 좋은 아들의 조합을 이제는 못 보겠네요."

"지난주에 보러 갔을 때도 변함없었는데⋯."

"변함없다가 갑자기 가지. 꼭 그렇더라고."

주조의 혼잣말 같은 말투에서 묘한 실감이 느껴진다.

"그럼, 저는 다녀올게요."

"저기, 선생님!"

그렇게 말하고 일어서는 데쓰로를 거의 무의식적으로 미나미가 불러 세웠다.

"제가 차를 가져올게요."

갑작스러운 제의에 데쓰로가 더 당황했다.

"미나미 선생님은 지금 대학에 돌아갈 시간이야."

"괜찮아요."

미나미는 대답을 기다리지 않고 말을 덧붙였다.

"어제 당직을 서서 오늘은 오전에 쉬기로 했어요."

여느 때보다 힘 있는 미나미의 목소리였다.

옆에 앉아 있던 주조가 미소와 함께 침묵을 메꿨다.

"훌륭한 마음가짐이네. 밤도 지샜는데 자전거 타는 것보다는 낫지 않겠어?"

데쓰로는 흰머리가 섞인 머리를 긁적였다. 다시 한번 크게 고개를 끄덕이는 미나미를 보자 데쓰로는 도저히 거부할 수 없었다.

스페시아(소형차 브랜드)에 데쓰로를 태운 미나미는 시조 거리에서 동쪽으로 나가 가모가와를 건너 가와바타 거리까지 달렸다. 그곳 길목의 유료 주차장에 차를 세운 두 사람은 골목 안쪽으로 발걸음을 옮겼다.

"이야, 정말 놀랐어요."

데쓰로를 맞이한 간이치의 첫마디다.

"어젯밤까지 평소랑 똑같았어요. 같이 밥 먹고, 잘 자라고 인사할 때만 해도 제대로 대답했거든요. 그랬는데…."

그가 초연히 어깨를 축 늘어뜨리며 말했다.

데쓰로와 미나미가 골동품 가게 앞을 지나 안쪽 방에 들어가자 침대 옆에서 기다리던 방문 간호사가 일어섰다.

침대 위에는 평소처럼 선잠을 자는 자세로 구로키 간조가 누워 있다. 원래 얼굴에 핏기가 없었던지라 얼굴색도 그대로다. 다만 호흡이 멈춰 가는 코골이와 가끔 하던 가래 낀 기침을 하지 않는 것뿐이다. 다른 때보다 크게 들리는 에어컨 소리만이 간조가 길을 떠났음을 명료하게 말해 주었다.

"좀 더 아버지에게 마음을 썼어야 했는데…."

"어젯밤에도 평소와 다름없으셨다고요?"

데쓰로가 확인하자 간이치가 맥없이 고개를 끄덕인다.

냉방이 잘 되는데도 그의 이마는 땀으로 촉촉이 젖어 있다.

"아버지가 빨리 안 가시면 돌보는 나도 힘들다고 평소처럼 가벼운 농담도 했어요. 그런데 정말 가실 줄이야…."

그의 의기소침한 모습에 미나미는 가슴이 먹먹해졌다.

"잘하신 거예요."

데쓰로는 무표정으로 말했다.

"잘했다고요?"

"아들이 평소처럼 행동했으니까요. 덕분에 간조 씨는 평소처럼 안심하고 잠든 채 가셨을 거예요."

데쓰로가 간조의 마른 손을 잡았다. 뼈와 가죽만 남은 여윈 손은 조금 경직되었지만, 아직도 얼마간의 체온이 남아 있다.

"이렇게 평온하게 가시는 분은 드물어요. 만약 아들이 평소와 달리 마음을 쓰거나 몹시 다정한 말을 했다면 오히려 불안해하셨을지도 몰라요. 하지만 아들이 늘 하던 대로 했기에 자연스럽게 떠나실 수 있었을 거예요."

데쓰로는 죽은 자의 손을 놓고 아들을 돌아봤다.

"평소 간병하느라 무척 힘드셨죠. 정말 수고 많으셨습니다."

데쓰로가 정중하게 고개를 숙이자 옆에 있는 간호사와 뒤에 서 있던 미나미도 그를 따라 고개를 숙였다.

간이치는 잠시 멍하니 있다가 이윽고 맥이 빠진 듯 크게 숨을 내쉬었다. 어느새 그의 눈에는 그렁그렁 눈물이 차올랐다.

"선생님은 그렇게 말씀해 주시는….'

목소리는 중간에 잠겼다. 갑자기 쏟아진 눈물을 손등으로 문지르며 간이치가 어색한 미소를 지었다.

"사실은 정말 힘들었어요. 식사 준비도, 기저귀 교환도, 간호 서비스에 데려가는 것도…. 하지만 포기하지 않고 지금까지 할 수 있었던 건 항상 웃으면서 제 넋두리를 들어준 선생님과 간호사분들 덕분이에요."

간이치는 머리를 숙였다가 데쓰로의 오른손을 잡고는 받들 듯 들어 올리며 다시 고개를 숙였다.

"선생님, 정말 고맙습니다."

데쓰로도 아무 말 없이 두 손으로 그의 손을 감싸 쥐었다.

미나미는 방 한편에 서서 가만히 그 모습을 바라보았다.

구로키의 집을 나온 두 사람은 아무 말 없이 주차장까지 걸었다. 잠시만 걸어도 등에 땀이 맺힐 정도로 햇볕이 따가웠다. 차에 오른 미나미의 뇌리에는 감정과 풍경과 이치 등 많은 것들이 떠올랐다 사라진다. 목덜미의 땀조차 닦을 생각도 하지 않았다.

오전의 햇살 아래 미나미가 운전하는 스페시아가 가와바타 거리를 달리기 시작했다. 오쿠리비를 막 마친 아침의 대로는 기분 탓인지 평소보다 사람들의 왕래가 적고 조용했다.

데쓰로는 조수석 등받이를 뒤로 젖히고 뒤통수에서 손깍지 낀 채 멍하니 하늘을 올려다보았다. 가모가와 강가에는 큰 건물이 없어 시내보다 넓은 하늘이 펼쳐졌다.

"아드님이 무척 쓸쓸해 보이셨어요."

땀이 다소 식었을 무렵이 되어서야 운전대를 잡은 미나미가 입을 열었다. 데쓰로는 하늘을 올려다본 채 중얼거리듯 답했다.

"평소에는 좀 더 쾌활한 사람이었어요. 독설도 대단해서 가끔 너무한다 싶을 정도였지요…."

"그러셨나요, 그렇게는 안 보였어요."

"분명히 아들로서 나름대로 최선을 다했을 거야."

거의 혼잣말처럼 데쓰로가 말을 이었다.

"사람을 떠나보낸다는 건 정말 어려워…."

미나미에게는 뜻밖인 상황이다.

간조 씨의 죽음은 갑작스러웠지만 동시에 자연스러워 보였다. 아침에 보았을 때 침대에서 숨을 거둔 채였다. 90세가 넘은 인간의 최후로는 더할 나위 없이 편안한 죽음 아닌가. 하지만 데쓰로는 조금 감회가 남다른 모양이다.

미나미가 흘끗 조수석에 시선을 던졌는데도 그는 여전히 멍하니 하늘을 올려다볼 뿐 미동도 하지 않는다. 엄청난 출혈 앞에서도 무표정이던 그가 지금은 망설이는 듯한, 아니면 무언가를 찾는 듯한 눈빛으로 창밖만 바라본다.

얼마나 시간이 흘렀을까. 난데없이 데쓰로가 중얼거렸다.

"사람의 행복은 어디에서 오는 것일까?"

미나미에게 대답을 구하는 질문이 아니다.

"그게 내 최대 관심사야."

알 수 없는 말들이 흘러나왔다. 분명 평소 같으면 그런 말을 입에 담지 않았을 것이다. 밤새운 피로감, 처치하던 긴장감, 사람을 떠나보낸 뒤의 허탈감이 다양하게 뒤섞이며 감정이 요동치는 모양이다.

미나미는 말없이 귀를 기울였다.

"조금이라도 더 많은 사람이 행복하게 지낼 수 있도록 내가 할 수 있는 일이 무엇인가, 그렇게 바꿔 말할 수 있을지도 몰라. 물론 이런 말을 하면 웃음거리가 되기도 하지. 의사가 할 수 있는 일은 환자의 병을 고치는 것으로 정해져 있다고, 병이 나으면 환자는 행복해질 테니 거기에 최선을 다하면 된다고 말하겠지. 나도 예전에는 계속 그렇게 생각했으니까."

산조케이한에서 신호에 걸려 차를 멈췄다.

교토에서 가장 번화한 교차로 중 하나다. 넓은 교차로를 다양한 차림의 사람이 건너고 있다. 여행객으로 보이는 청년부터 지팡이를 짚은 노부인, 아이와 함께인 부부, 젊은 커플도 있다. 왼쪽에는 그들을 지켜보듯 고소를 향해 무릎 꿇은 채 절하는 다카야마 히코쿠로의 동상도 보인다.

"그런데 말이야."

데쓰로가 이야기를 이어간다.

"병이 낫는 것이 행복이라고 생각하면 아무리 해도 막다른 길에 다다르잖아. 그렇다면 병이 낫지 않는 사람은 모두 불행할까. 불치병에 걸린 사람이나, 시한부 인생인 사람이 매일 행복하게 지낼 수는 없을까."

신호를 받아 출발한 스페시아가 대로를 따라 내려가 이윽고 시조 거리에 들어섰다. 데쓰로가 잠시 침묵하는 동안에도 스페시아는 우회전하여 시조 대교를 건넜다. 아침 햇살을 받은 가모가와의 수면이 찬연히 눈부시다.

"세상에는 불치병에 걸린 사람이 수없이 많아. 치매, 만성 심부전, 진행된 암 환자…. 늙음을 표현하는 하나의 형태가 병이라면 어떤 의미에서 모든 사람이 불치병을 앓고 있는 셈이야. 언제 그것이 표면으로 드러날 것인지가 문제지. 물론 나이 든 사람만 병에 시달리는 건 아냐. 젊은 사람 중에도 불치병을 앓는 사람이 있고, 때로는 젊은 나이에 죽는 사람도 있잖아."

미나미가 운전하는 스페시아는 가모가와를 건너 가와라마치 거리에서 다시 우회전했다. 병원과 반대 방향이었다. 데쓰로의 이야기를 조금 더 듣고 싶어 운전대를 꺾은 것이다.

"비록 병이 낫지 않더라도, 설령 남은 시간이 짧더라도 사람은 행복하게 지낼 수 있다는 게 내 나름의 철학이야. 그러기 위해 내가 할 수 있는 일이 무엇일지를 계속 생각해."

마치 미나미가 아닌 자기 자신에게 그 질문을 하는 듯했다. 데쓰로는 대답을 기다리지도 않고 가만히 하늘을 올려다볼 뿐이다.

가와라마치 거리에 들어선 스페시아가 번화가를 등지고 올라갔다. 혼노지를 지나 시청 앞을 통과하자 이윽고 왼쪽에 고쇼의 숲이 보이기 시작한다.

"선생님은 왜 그런 생각을 하세요?"

미나미의 질문에 데쓰로가 푸른 하늘에서 운전석으로 눈길을 돌렸다. 미나미는 데쓰로의 시선을 느끼며 말을 이었다.

"사실, 저는 눈앞에 있는 환자를 치료하는 것만으로도 벅차거든요. 그런데 불치병을 앓아도 행복하게 지낼 수 있는 사람도 있을 거라니….”

"실제로 그런 사람을 본 적이 있거든."

미소를 지으며 데쓰로는 다시 푸른 하늘로 시선을 돌렸다.

"젊은 나이에 난치병을 앓은 여성이 있었어. 어린 자식을 남겨두고 몇 년 만에 세상을 떠났지만 끝내 웃음을 잃지 않았지. 일찍 교통사고로 남편을 잃은 데다 이번에는 자신마저 난치병에 걸렸는데도 말이야. 아무리 생각해도 비참한 인생 같아 보이는데 기억을 더듬으면 웃는 얼굴만 떠올라."

미나미는 마른 숨을 삼켰다.

몇 년 전, 데쓰로가 대학 의국을 퇴국한 이유를 소문으로 들었기 때문이다. 젊은 여동생이 오랜 투병 생활 끝에 세상을 떠났고, 남겨진 조카를 맡아 키우느라 대학을 그만둘 수밖에 없게 됐다고.

"그녀가 힘들지 않았을 리 없지만, 남겨진 시간을 조금이라도 즐거운 추억으로 만들고 싶었는지 몰라. 그 추억에 나는 정말 구원받고 있는 거야. 절망의 구렁텅이에 서 있던 그녀가 마법처럼 행복한 시간을 만들어 준 셈이지."

작게 숨을 내쉰 데쓰로는 이야기를 계속했다.

"할 수만 있다면 나도 그런 사람이 되고 싶어."

차 안에 따뜻한 목소리가 녹아들었다.

'정말 큰 사람이다.'

미나미는 그 말을 실감했다.

그저 다정한 것이 아니다. 사려 깊고 냉정하기만 한 것도 아니다. 정말 크다는 말 이상의 표현은 오히려 이 인물을 틀에 끼워 넣을 뿐이다. 처음 미나미가 종잡을 수 없는 사람이라고 느꼈던 것 또한 그저 의사라는 틀에 끼워 넣을 수 없는 인물이었기 때문이다. 큰 그 윤곽을 포착하지 못했던 거다.

그 사실을 깨달으니 이제야 하나의 퍼즐이 맞춰졌다. 미나미에게 하라다병원을 권유한 것은 하나가키다. 내시경을 배우라는 목적에서였지만 조금 다른 의도가 있었는지 모른다. 내시경 기술을 고집하는 신출내기 의사에게 더 넓은 세상을 보여 주려는 의도가 분명했다.

미나미는 어젯밤 초조함에 "이대로 임종을 지키실 생각은 아니시죠?"라며 데쓰로에게 제대로 들이받았던 자신의 어리숙함이 떠올라 부끄러웠다.

그 열기를 식히듯 미나미가 입을 열었다.

"하나가키 선생님께서 보스턴에 와 주셨으면 좋겠다고 말씀하셨어요."

깊이 생각해서 한 말은 아니다. 하지만 마음속에서 천천히 고개를 들던 일이었다. 미나미가 계속 말했다.

"하나가키 교수님이 마치 선생님께서 제1 조수를 해 주시길 바라는 마음을 잘 알 것 같아요."

데쓰로는 대답 없이 눈을 살짝 가늘게 떴다.

"저도 선생님이 보스턴에 함께 가셔야 한다고 생각해요."

"고마운 말이지만 말이야. 오늘 아침 응급 내시경이 잘된 건 여러 행운이 겹친 덕분이야. 쓰치다와 고쿄 같은 베테랑이 들어와 준 것도 있고, 자네의 보조에도 좋은 의미에서 긴장감이 있었지. 언제나 그런 처치를 할 수 있는 건 아니야."

"물론 선생님의 내시경 기술도 그렇지만 제가 느낀 건 그뿐만이 아니에요."

운전대를 움켜쥔 채 미나미는 가슴에 차오른 생각을 그대로 쏟아냈다.

"뭐랄까, 선생님은 '안심'을 선물하는 것 같아요."

"안심?"

"선생님과 함께 있는 사람들은 왠지 안심하는 것 같아요. 환자분도 그렇고, 고쿄 씨와 하나가키 선생님도 그렇죠. 저도 그렇게 느껴요."

거기까지 말한 미나미는 스스로 놀란 듯 입을 다물었다. 데쓰로가 영문을 모르겠다는 표정으로 미나미를 쳐다보자 미나미의 볼이 엷은 붉은색으로 물들었다.

"너무 그렇게 쳐다보지 마세요."

"그래, 미안해."

시선을 어디에 두어야 할지 헤매던 데쓰로는 창밖으로 눈길을 돌렸다가 "어라." 하고 얼빠진 목소리를 냈다.

"왜 고쇼 옆을 달리고 있지?"

미나미는 억지로 말을 밀어 넣었다.

"선생님, 많이 피곤하세요?"

"아니, 안 피곤해. 오히려 미나미 선생이 더 힘들겠지. 왕진에도 데리고 왔으니까. 다음 주는 쉬어도 돼."

"다음 주에도 올 거예요."

미나미는 운전대를 잡은 손에 힘을 주었다.

스페시아가 큰 교차로에서 다시 좌회전했다. 이마데가와 거리다. 긴카쿠지에서 기타노하쿠바이초까지 동서로 잇는 대로다. 등 뒤에서 쏟아지는 밝은 햇빛이 거리 끝에 보이는 아타고 산맥의 태연자약한 산줄기를 비추고 있다.

"밤샌 날 아침부터 어디까지 갈 생각이야?"

흥미롭다는 데쓰로의 목소리에 미나미 또한 명랑한 목소리로 대답한다.

"기타노텐만구요."

"미치자네 공 보려고?"

"조고로모치 먹으러 가요."

갑작스러운 이야기에 데쓰로는 눈을 두어 번 깜빡였다.

"고쿄 씨한테 들었어요. 마치 선생님이 제일 좋아하시는 거라고요. 맞나요?"

"맞아. 죽기 전에 먹고 싶은 게 있느냐고 묻는다면 나는 조고로모치라고 대답할 거야."

"먹으러 가요."

다시금 눈을 깜빡인 데쓰로는 새삼스럽게 미나미를 쳐다보며 웃었다.

"지금?"

"지금이요."

신속하고 간결한 미나미의 대답이다.

고지식한 후배의 뜻밖의 제안에 잠시 넋을 잃었던 데쓰로도 환호했다.

"좋은 생각이네. 찬성이야."

그 밝은 목소리에 응하듯 미나미가 액셀을 살짝 깊이 밟았다.

울창하게 우거진 고쇼의 숲이 왼쪽으로 보이고, 도시샤대학의 세련된 붉은 벽돌이 오른쪽에 자리 잡고 있다. 갓길에 정차해 둔 큰 회색 버스는 교산토의 거리 선전용인가 보다. 그 곁을 두부 장수 남성이 손수레를 끌며 한가롭게 지나간다.

참으로 잡다한 것들이 당연한 듯 동거하는 여느 동네에서나 맞이하는 풍경이다.

오쿠리비는 끝났지만 교토 거리에서는 얼마간 다양한 백중맞이 행사가 이어진다. 죽은 사람이 집으로 돌아와 잠시 가족과 함께 보내고 다시 떠난다. 보내는 자와 배웅받는 자가 지금도 끈끈하게 이어진 곳이다.

그렇게 신비로운 지역 일대를 두 사람을 태운 경차가 가볍게 달려 나갔다.

제3화
세상 너머에서 오는 소리

교토 외곽 라쿠호쿠에는 기괴한 건축물이 있다.

시내의 번잡함에서는 다소 떨어져 있다. 가모가와의 지류인 다카노가와를 북쪽으로 더 거슬러 올라가 이와쿠라가와로 갈라진 끝에 있는 다카라가이케의 호숫가 근처다. 철과 콘크리트로 이루어진 그 거대한 건축물은 나무와 흙으로 영위되어 온 옛 수도의 경치와 비교하면 분명히 이질적이다.

수평을 강조하는 거대한 대들보와 밀어 올리듯 경사진 무수한 기둥의 두 가지 직선 구조가 기하학적으로 얽힌 모습은 현대적이라기보다는 이상하고, 참신하다고 평하기에는 너무 장엄하다. 말하자면 역전에 우뚝 솟은 교토 타워와 방향성이 같다.

그 건물의 이름은 교토국제회관이다.

이름 그대로 자주 국제회의의 무대가 되는 곳이다. 이곳에서 다양한 의학회의 총회도 개최되어 데쓰로도 몇 번 방문한 적이 있다. 도쿄에서 인턴으로 있을 때 처음 봤는데, 풍아한 산수로 둘러싸인 곳에 거대한 항공모함이 좌초된 듯한 인상을 받았다.

9월 초, 데쓰로는 여기에서 개최되는 학회에 참석하고자 좌초한 항공모함을 찾았다. 일본 의학계에서도 알아 주는 유수의 거대 이벤트인 JDDWJapan Digestive Disease Week에서는 내과와 외과를 물론이고 소화기에 관련된 다섯 학회가 한자리에 모여 며칠에 걸쳐 다양한 심포지엄과 강연을 개최한다.

참가 인원은 의사만 2만여 명이다. 소화기 진료에 관한 새로운 수술이 제안되고 신형 내시경이 소개되며 특수 스텐트가 선보인다. 데쓰로는 최신 지식과 기술을 접하기 위해 대학 병원에 있을 무렵부터 이 전국 학회에 반드시 참가했다. 하라다병원으로 옮긴 지금도 여전히 마찬가지다.

다만, 평소라면 프로그램을 보며 여러 회장을 돌아다니겠지만, 올해의 JDDW에서는 목적이 따로 있었다.

"하나가키 부교수는 정말 대단해."

멀리 전방의 스포트라이트가 비추는 무대 위에서 진회색 정장 차림의 라쿠토대학의 부교수가 자신감 넘치는 모습으로 프레젠테이션을 하고 있다.

하나가키는 학회 첫날 마련된 특별 강연을 맡았다.

무대가 된 제3 회장은 천 명을 수용할 수 있는 제1, 2 회장만큼 넓지는 않아도 뒤쪽에 계단식 좌석도 갖추어 수백 명이 앉을 수 있다. 데쓰로가 있는 맨 뒤 계단식 좌석은 무대에서 한참 멀어 빈 자리가 보였다. 하지만 1층 좌석은 완전히 만석인 데다가 벽 쪽 통로에 서서 진지하게 귀를 기울이는 젊은 의사들까지 보인다.

시원하게 냉방이 잘된 홀 안에서 피부를 감싸는 열기가 느껴지는 것은 그만큼 이 강연이 주목받고 있다는 방증이 아닐까.

조명이 어두운 회장을 둘러보니 여기저기에 유명한 전문의와 교수들이 보인다. 데쓰로는 비디오카메라를 둘러메고 있는 몇몇 사람 속에서 가쓰라기 편집장도 발견했다.

갑자기 데쓰로의 마음이 아려왔다. 예전의 학회 활동이 떠올라 그리워졌기 때문이다. 또 대학에 남아 있었다면 자신이 저곳에 서 있었을지도 모른다는 난데없는 공상이 뇌리를 스쳤다. 스스로 야심가라고 할 생각은 없다. 그래도 자기 말에 많은 사람이 귀를 기울여 주는 특별한 경험, 이에 수반되는 보람과 모종의 쾌감을 잘 안다.

데쓰로는 살짝 걸터앉은 채 등받이에 몸을 맡기고 흰머리가 섞인 머리카락을 가볍게 긁적였다.

'쳇, 마음 한켠에 나도 모르는 미련이 아직 남았었나 보네….'

데쓰로가 쓴웃음을 지을 때 키가 큰 남성이 옆자리로 오더니 쓱 앉는다.

검은 정장 차림의 남자는 무대를 바라보며 속삭이는 목소리로 말했다.

"이곳에 숨어 계셨네요."

그 말을 듣고서야 데쓰로는 상대에게 고개를 돌렸다.

"어! 아마부키잖아?"

"오랜만에 봬요, 마치 선생님."

데쓰로의 5년 후배인 아마부키 쇼헤이가 활짝 웃었다.

아마부키는 대학 의국에서 함께 일한 기간은 길지 않지만 같은 팀에 소속되어 데쓰로가 직접 지도한 젊은 의사 중 한 명이다. 장시간 처치에도 견디는 담력과 체력이 좋았고 내시경 기술도 상당히 수준 높았다. 데쓰로가 떠난 의국에서 하나가키의 오른팔로 점차 두각을 드러내고 있다는 말도 들었다.

"그동안 바쁘다는 핑계로 자주 인사 드리지 못해 죄송합니다. 얼마 전에 제 논문 평가도 해 주셔서 최종 승인을 받았는데 그것도 감사 인사를 제대로 못 했네요."

"신경 쓸 거 없어. 대학의 선생이 해야 할 일은 감사 인사하러 돌아다니는 게 아니라 진료와 연구야."

"그렇지만…. 아, 미나미도 선생님 신세를 지고 있죠? 그 친구처음에는 어딘가 미묘한 표정을 지었는데, 최근에는 완전히 달라졌어요. 매주 하라다에 가는 게 기대되는 모양이에요. 팬이 또 한 명 늘었네요."

"그렇다면 다행이네. 그건 그렇고 아마부키도 표정이 예전 같질 않네. 이제 책임지는 자리를 맡게 되었나?"

"여기저기 신경 쓸 일이 많아서 조금 초췌해졌을 뿐이에요."

경쾌하게 받아넘긴 아마부키는 가방에서 사과만 한 크기의 흰 꾸러미를 꺼내 선물이라며 건넸다. 종이 꾸러미를 열자 빛깔이 고운 녹색 알루미늄 캔이 나왔다.

데쓰로의 눈이 휘둥그레졌다.

"료쿠주안이잖아?"

햐쿠만벤에 있는 별사탕 노점의 이름이다. 이 어려운 시대에 아직도 별사탕 전문이라는 철학을 고집스럽게 관철하고 있는 유명한 가게다.

"우지 녹차 진한 맛이에요. 논문에 대한 답례입니다."

"역시 재치 있는 후배가 최고네."

반갑게 응한 데쓰로는 뚜껑을 열어 녹갈색 설탕 과자 하나를 입에 던져 넣었다.

당밀에 당밀을 묻히며 정성과 시간을 들여 인내로 만들어 낸 이 일본식 과자는 깔끔한 단맛은 물론이고 입속을 감싸는 풍부한 향이 일품이다. 향이 좋으면서도 절대 과하지 않아 소재와 기술 모두 보통이 아님을 보여 준다.

데쓰로는 환한 웃음과 함께 찻잎의 향기를 즐기다 "하나 줄까?" 하고 내밀었다. 아마부키는 재미있다는 듯 웃으며 고개를 저었다.

하나가키가 유머를 발휘했는지 갑자기 회장에 웃음이 퍼졌다. 하나가키는 의사로서뿐만 아니라 발표자로서도 일류다.

"그건 그렇고 선물을 준비해 오다니 이 넓은 회장에서 날 찾을 생각을 했다는 거잖아."

"사실 고생했어요. 분명히 하나가키 선생님의 강연에 오실 줄 알았는데, 여기만 해도 꽤 넓으니까요."

아마부키가 힘들었다는 듯 이마를 닦으며 말을 이었다.

"그래도 선생님은 독특한 분위기가 있어서 이런 구석에 계셔도 바로 알 수 있어요."

"아무래도 하나가키 선배나 네가 나를 착각하고 있는 것 같아. 과대평가도 지나치면 질리는 법이야."

데쓰로가 어깨를 으쓱하면서 별사탕을 하나 더 입에 넣었다.

하나가키의 강연은 시야가 넓고 의욕적인 젊은 의사들이 많이 들으러 온다. 그러한 청중은 무대에 가까운 1층 자리에 앉거나 앉을 곳이 없으면 통로에 서서라도 발표를 듣는다. 데쓰로는 뒤쪽 2층 자리에 진을 치고 있었으니 오히려 아마부키의 눈에 띄었을 것이다.

"빈말이 아니에요. 저는 지금도 진심으로 선생님께 더 많은 것을 배우고 싶어요."

"일단 고맙다고 해 둘게. 다만 의국에 사표를 낸 몸이니까 너한테 들키는 건 괜찮지만, 교수님께 들키고 싶지는 않다고."

"교수님뿐만이 아니죠, 니시지마 선생님한테도 안 들키시는 게 좋을걸요."

"니시지마? 이제 전임 강사가 돼서 상당히 존재감이 높아졌다는 이야기는 들었는데…."

"니시지마 선생님은 아직도 선생님이 갑자기 퇴국한 일을 비난하고 있어요. 그러니 조심하세요."

"여전히 집념이 강한 남자로군."

데쓰로는 눈매가 날카로운 후배 의사를 떠올리며 쓴웃음을 흘렸다.

니시지마는 과묵한 노력가로 논문도 많이 발표한 의사다. 하지만 자존심이 세고 유연성이 떨어진다. 게다가 데쓰로에게 묘한 경쟁심을 드러내며 사소한 것으로도 따지고 든다. 데쓰로도 굳이 친하게 지내고 싶은 상대는 아니었다.

"니시지마에게 호감을 사고 싶은 건 아니지만, 이젠 나한테 경쟁심을 불태울 일도 없을 텐데. 내가 없으니 오히려 네게 공격의 화살을 돌린 거 아냐?"

"물론 저도 무던히 미움을 받고 있죠. 니시지마 선생님이 보기에 시끄러운 후배일 테니까요. 하지만 지금은 선생님도 주의하셔야 해요."

"어째서?"

해맑은 질문에 아마부키는 미묘한 표정으로 덧붙였다.

153

"쓸데없는 이유이니 듣지 않으시는 게 좋을 것 같아요. 선생님 탓이 아니거든요."

"그렇다면 상관없지만."

데쓰로는 또 별사탕을 하나를 입에 휙 던져 넣었다.

의국 내의 복잡한 인간관계는 데쓰로도 질릴 정도로 경험했다. 이제는 떠났으니 자세히 알고 싶지 않았다.

"그보다 마치 선생님, 보스턴 건은 진지하게 생각하고 계시죠? 하나가키 선생님이 확인해 달라고 하시던데요."

"그건 기대 안 했으면 좋겠어. 나보다 네가 가면 되잖아."

"저는 남는 쪽이에요."

"남는다고?"

"보스턴의 라이브 때 실력 있는 의국원 상당수가 하나가키 선생님과 동행해요. 그렇다고 대학을 비울 수는 없으니까요. 처음에는 니시지마 선생님이 책임자로 남을 예정이었지만, 교수님이 한 사람 더 남아 달라고 요청하셔서 제가 뽑혔어요."

아무렇지도 않은 척하지만 아마부키도 분명 하나가키를 따라 미국에 가고 싶은 마음이 굴뚝같을 것이다. 한편으로 남는 역할로 뽑혔다는 것은 하나가키의 신임이 두텁다는 말이기도 했다. 무사히 해내면 의국 안에서 자기 입장도 견고해진다.

"교수님도 사람 보는 눈이 있으니까. 니시지마는 똑똑하지만 임상가라기보다는 연구가야. 하나가키의 대역을 혼자 맡기에는 책임이 무겁겠지."

"책임이 막중하죠. 하지만 저도 끝까지 지켜 낼 거예요. 그러니 선생님이 보스턴에 가 주셨으면 좋겠어요."

자제하던 아마부키의 목소리가 조금 커졌다.

"그리고 선생님이 대학에 돌아오셨으면 좋겠어요. 하나가키 선생님만 그렇게 생각하는 게 아니에요. 저처럼 선생님이 계시던 시절을 아는 의사들은 다 똑같이 생각해요."

데쓰로는 대답하지 않았다.

아마부키의 목소리에 이끌리듯 많은 기억이 하나둘 떠올랐다 사라진다.

하나가키와 필사적으로 열 시간 이상 걸리는 내시경 수술을 해내거나, 단 한 가지 사례로 내시경 사진을 보며 심야까지 회의했던 추억이 있다. 전국 학회의 심포지엄에서 청중의 이목을 집중시킨 적도 있고, 패널 토론에서 자의적인 발표를 규탄한 적도 있다.

불과 5, 6년밖에 지나지 않은 이야기지만 아주 오래전 일 같다.

바로 그때 회장이 떠들썩해졌다. 정면 슬라이드에 어린아이의 내시경 동영상이 나오고 있었다. 내시경의 전체 길이보다도 몸집이 작은 소년이 마취된 채 처치를 받는 영상은 꽤 충격적이다. 데쓰로는 혼잣말처럼 아마부키에게 물었다.

"아이에게 ERCPendoscopic retrograde cholangiopancreatography(내시경적역행담췌관조영술)를? 그것도 여섯 살짜리에게! 역시 하나가키

155

선배는 여전히 대단한 처치를 하고 있군."

"최근 외과에서 간이식 사례가 많아진 영향이에요. 예전에는 목숨을 건 재수술이 필요했던 소아 폐색성 황달을 내시경으로 해결할 수 있게 되었죠."

"새로운 가능성을 열었군. 역시 저 사람은 보통이 아니야."

"하나가키 선생님은 더 높은 자리에 가실 거예요."

아마부키는 저 멀리 무대에 선 하나가키를 존경 어린 눈빛으로 바라본다. 그리고 그 눈빛을 그대로 데쓰로에게 돌렸다.

"선생님도 높은 자리에 서야 해요."

데쓰로는 마음이 복잡해졌다.

'내가 생각해도 이상해.'

데쓰로는 자기 마음속 흔들림이 미련인지 감상인지조차 알 수 없었다.

예전에는 생활을 내팽개칠 정도로 온 힘을 쏟았던 최첨단 의료가 지금은 기묘하게 먼 존재로 느껴진다. 그토록 눈부시게 화려해 보였던 세계에서 멀어져 시한부 환자 곁을 묵묵히 찾아가는 지금의 모습에 자신도 격세지감이 든다.

감회에 젖어 한숨을 쉬는 순간 아마부키가 데쓰로의 팔뚝을 툭툭 친다. 고개를 돌리니 아마부키가 문 쪽을 눈짓으로 가리키는데 낯익은 정장 차림의 마른 남자가 있다. 순간 누구더라 싶다가 바로 생각났다. 다름 아닌 방금 화제에 올랐던 니시지마였다.

어두컴컴한 통로에 서서 어디에 앉을지 자리를 물색하고 있었다. 원래 광대뼈가 튀어나온 안광이 예리한 남자여서 마치 범인을 찾는 형사처럼 보인다.

"도망가는 게 낫겠군."

"아직 발견하지 못했으니까요, 지금이에요."

고개를 끄덕인 데쓰로는 허리를 굽힌 채 일어섰다. 어깨 너머로 흘끗 쳐다보자 니시지마의 바로 뒤에 자그마한 여성이 따라 들어오는 모습이 보였다. 미나미처럼 보였지만 데쓰로는 확인을 미루고 밖으로 나왔다.

9월도 중반에 접어들고 있다.

한낮 늦더위의 매서움은 여전하지만 동틀 무렵이나 갑작스러운 소나기가 내린 뒤에는 가을 기운이 희미하게 감돈다. 이 계절이 되면 히가시야마의 오래된 절의 참배길을 싸리가 수놓고, 라쿠호쿠의 논과 밭에 등골나물이 흔들린다.

늦더위가 심하든 심하지 않든 원내의 회의를 물들이는 색은 달라지지 않는다. 회의의 분위기는 날짜가 아닌 환자의 병세에 좌우된다.

나베시마의구호와 함께 시작된 월용일 정례 회의에 평소와 다른 긴박감이 감돌았다.

"그럼, 이번 주 예정부터."

몇 가지 성가신 사태가 발생했기 때문이다.

"주조, 마쓰야마 씨의 경과는 어때?"

나베시마가 후배 외과 의사를 '아야'가 아닌 '주조'라고 부르는 것부터가 불온한 상황임을 말해 준다.

"지금까지는 간신히 잘 버티고 있어요."

주조가 담담하게 대답하며 화면에 환자의 슬라이드를 띄웠다.

마쓰야마 레이코는 지난주에 복강경 대장암 수술을 한 고령 환자다. 수술 후의 경과가 불안정한 데다 연결부 암의 전이가 의심된다. 장과 장을 연결한 부분이 떨어질지도 모른다는 말이다.

"재수술 가능성은?"

"그렇게 되지 않기를 바랄 뿐이에요."

장과 장이 제대로 연결되지 않으면 다시 외과 수술을 해야 한다. 외과 의사로서는 가장 회피하고 싶은 사태다.

"생각보다 유착이 심했지만, 나이가 있어서 개복하지 않고 수술하는 것만으로도 다행이라고 생각했는데…."

"변명은 하지 않겠어요. 재수술로 개복하게 되면 다 소용없으니까요."

눈썹 하나 까딱하지 않는 주조의 대답은 냉정했다.

수술실 간호사 말로는 수술 중에 아수라장이 될수록 주조의 볼이 투명한 흰색으로 변하며 백자처럼 딱딱하게 얼어붙는다고 한다. 굵은 땀방울이 맺히는 나베시마와 대조적이라고 누군가 불평

했던 일이 떠올랐다.

"아키시카, 그쪽은 어때?"

나베시마가 전직 정신과 의사를 '준'이 아닌 '아키시카'라고 부르는 것도 예사로운 일이 아니다. 지난주 아키시카의 환자 중에 외래로 통원하던 고령 환자가 집에서 연탄 자살을 시도해 응급 이송되었다.

폐암 말기라 암 치료는 하지 않는 환자였다. 암 진료는 경과만 지켜볼 뿐이었지만 우울증도 함께 앓고 있는 환자라 아키시카가 담당했다.

"외래에서는 침착해 보였는데 정말 갑작스럽게 일을 벌였군."

"그렇지도 않아요. 최근 들어 조금씩 호흡곤란으로 힘들어했어요. 심신 모두 상당한 스트레스를 받던 상태였죠."

아키시카는 평소와 같은 초연한 태도로 대답했다. 말투는 억양이 거의 없는 데다 커다란 검은 뿔테 안경에 가려 표정도 잘 보이지 않았다. 덕분에 열의가 부족한 인물로 보이지만 정신과 의사로서 확실한 경험과 합리적인 판단이 바탕에 깔려 있었다.

"목숨을 건질 것 같아?"

"일산화탄소 중독은 문제 될 것 없어요. 다만 폐암이 상당히 진행돼서요. 한여름의 밀폐된 방에서 연탄을 피워서라도 저쪽으로 가고 싶어 하실 정도니 어디까지 치료해야 할지 난감하고 어려운 문제예요."

"그렇지."

"가족들과도 연락해서 어디까지 할지 정할 예정이에요."

여전히 담담한 말투다.

아키시카의 외래에는 우울증이나 조현병 등 정신 질환을 앓는 환자가 많다. 정신 질환만 있는 환자라면 전문병원에 맡기면 되지만, 내과 질환을 함께 앓는 환자는 정신과 병원에서 전부 감당할 수 없다. 따라서 종종 소개받고 아키시카를 찾아오지만, 결과적으로 일어나는 위험한 사태를 전부 막기란 불가능하다. 아키시카는 그런 폐해를 묵묵히 받아들였다.

공교롭게도 주조가 어려운 국면을 맞은 타이밍에 아키시카도 어려운 사례와 대치 중이었다.

데쓰로가 천천히 말문을 열었다.

"도와드릴 일이 있으면 말씀해 주세요."

"감사한 말이네요. 상황에 따라 부탁 좀 드릴게요."

아키시카가 대답한 뒤 잊고 있었다는 듯 말을 덧붙였다.

"마치 선생님도 꽤 성가신 사례를 맡고 계시잖아요."

"성가신 사례요?"

"그 술꾼 환자분이요. 복지사인 미도리카와 씨가 그 일로 고민하던데요."

그 말을 듣자마자 나베시마가 굵은 눈썹을 움직였다.

"술꾼이라면 그 식도정맥류 파열인 쓰지 씨인가? 지난번 응급 내시경 후에는 재출혈도 없고 나아지고 있다고 하지 않았어?"

"전신 상태는 괜찮아요. 단지 앞으로가 문제지요….."

"뭐가 문제인데?"

"경제적인 문제입니다. 미도리카와 씨가 안정적인 치료를 위해서라도 생활 보장 제도를 권하고 있는데…."

데쓰로는 머리를 긁적이며 한숨을 쉬었다.

"쓰지 씨 본인이 거부했어요."

"거부했다고?"

"남에게 신세 지고 싶지 않다고 하셨대요."

나베시마가 어이없는 표정을 지었다.

"병원을 그렇게 떠들썩하게 해놓고 이상한 데서 자존심을 발휘하는구먼."

"미도리카와 씨도 이런 경우는 처음이라고 했어요. 어쨌든 이번에도 추가 치료를 못 하고 지난 주말에 퇴원한 참이에요."

"급할 건 없는 얘기겠지만, 또 언제 실려 올지 모르겠구먼. 너무 느긋하게 기다리고 있을 수만은 없지 않겠어?"

나베시마의 말이 맞다.

지난달 두 번째 응급 내시경으로 겨우 목숨을 건진 쓰지 신지로는 그 후 황달과 복수가 악화하는 바람에 퇴원하는 데까지 2주 이상의 치료가 필요했다.

겨우 전신 상태가 개선되어 추가 치료와 생활 보장 제도를 설명하는 데쓰로에게 쓰지는 쓴웃음을 지으며 말했다.

"선생님, 이대로 그냥 못 본 척해 주시죠."

제멋대로 자란 턱수염을 문지르며 웃는 모습으로 말하는 쓰지의 태도는 자연스러웠다. 너무 자연스러워서 반론할 기회를 놓친 데쓰로는 퇴원하는 쓰지를 그냥 보낼 수밖에 없었다.

"외래 통원은 계속하겠다니까 최소한의 내복약 처방 외에는 그 이상 손대지 못하고 있어요."

"바보 같으니라고…."

니베시마가 한심하다는 듯 말하자 옆에 있던 냉정한 주조가 말을 받았다.

"자신은 죽음에 초연한 듯 말하지만 이렇게 병원을 들쑤시고 있잖아. 바보 같은 소리 하지 말고 제대로 치료받으라고 호통쳐야 하는 거 아냐? 우린 자원봉사자가 아니라고."

냉기를 머금은 주조의 목소리는 그 어느 때보다도 더 날카롭다. 가차 없는 말이지만 의사로서의 가식 없는 의견임은 분명하다.

"그렇게 하고 싶지만…."

"농담이야, 마치는 그렇게 못 하잖아."

독설을 내뱉으면서도 물러설 때를 잘 아는 주조답다.

"그렇게 제멋대로 구는 말을 듣고도 화내지 않다니, 마치의 인내심에는 두 손 들었다니까. 나 같으면 도저히 못 해. 그러니까 너무 심하게 고민하지 마."

주조가 인정하는 말에는 데쓰로에 대한 배려가 담겨 있다.

"아야는 이런 때에도 역시 상냥하구나."

나베시마의 말에 아키시카가 웃었다.

회의가 끝났음을 알리는 신호처럼 장난스런 대화가 오간다.

의사들이 방을 나가는 모습을 배웅하면서 데쓰로는 회의실 천장을 올려다봤다.

데쓰로는 어떻게 판단해야 할지 고민되는 사례를 떠안고 있고, 주조와 아키시카 역시 각자 무거운 사례와 직면하고 있다. 모두가 숙련된 의사들이지만, 숙련되었다고 모든 사태를 통제할 수 있는 건 아니다. 노력, 기술, 경험 등 모든 것이 풍부하지만 그것이 전부는 아니기 때문이다. 상대는 인간이다.

데쓰로는 주머니에서 작은 약통을 꺼내더니 한 알을 입에 털어 넣었다. 통에 든 것은 두통약도 안정제도 아니다. 요전에 아마부키가 준 진한 녹차 맛 별사탕이다. 외래에 흔하게 돌아다니는 약통에 남은 별사탕을 넣어 들고 다니는 중이다.

입안에 산뜻한 찻잎 향기가 퍼지며 엉겨 붙은 울적한 분위기를 몰아내 주었다.

데쓰로는 그대로 한숨을 돌리고 일어났다.

아침부터 회의에서 무거운 내용을 다루며 시작된 날은 그 어느 때보다 바쁘다. 하루 종일 진료가 끊이지 않는다. 평소에는 히가

시야마의 능선이 붉은빛으로 물들 무렵이면 외래와 처치가 마무리되어 2층 의국으로 의사들이 돌아온다.

오늘은 완전히 해가 진 저녁이 되어서야 겨우 데쓰로 혼자만 돌아왔다.

이미 저녁 7시였다.

오전 외래가 길어지면서 그대로 오후 대장 내시경 검사에 들어간 데다 응급 환자까지 몰려 점심을 먹을 틈도 없었다. 류노스케에게 늦는다고 연락하고 데쓰로는 후루룩 후루룩 컵라면을 마시듯 먹는다.

데쓰로만 바쁜 게 아니다.

주조의 외과팀에는 긴장이 이어지고 아키시카도 자살 기도한 환자 건이 마무리되지 않았는지 아직도 병동에 있다. 병원 전체에 숨을 죽이고 어둠을 살피는 팽팽한 침묵이 이어지고 있다. 그런 가운데 라면을 먹으면서 데쓰로는 쓰지의 일을 떠올렸다.

쓰지가 생활 보장을 거절한 면담은 불과 일주일 전의 일이다.

"이대로 그냥 못 본 척해 주시죠."

면담실에서 쓰지 신지로는 덤덤하게 말했었다.

그리 넓지도 않은 실내에는 쓰지를 둘러싸고 데쓰로와 주임 간호사 고쿄, 사회복지사 미도리카와도 함께 있었다.

"나는 생활 보장은 안 받겠어요. 지금 이대로면 됐어요."

쓰지의 말에 데쓰로는 반론하지 않을 수 없었다.

"쓰지 씨, 지금 같은 생활로는 약값조차 감당할 수 없어요. 정기 검사도 어려워지고요."

"그러니까 어떻게든 가진 돈 내에서 가능한 정도의 약만 줘요. 그것만큼은 꼭 챙겨 먹을 테니까…."

"하지만 쓰지 씨."

미도리카와가 나섰다. 이어 타이르는 듯한 진지한 목소리로 상황을 설명했다.

현재 쓰지의 병세는 내복 치료만으로는 한계가 있다, 추후 정기적인 내시경 검사와 추가 치료도 필요하다, 지금의 경제 상황에서는 치료를 유지할 수 없다, 그러나 생활 보장을 신청하면 충분히 치료받을 수 있다는 요지였다.

그러나 쓰지는 수염이 제멋대로 난 턱을 좌우로 흔들며 데쓰로를 향해 돌아섰다.

"선생님, 나는 변변치 않은 사람이야. 짝이 가고 나서 그동안 매일 바보처럼 술을 마셨어요."

쓰지는 귀를 박박 긁으며 자신이 어리석었음을 탓했다.

"하지만 지금까지 남의 돈으로 술을 마신 적은 없어요. 돈을 빌린 적은 있지만 안 갚은 적도 없고. 내 일은 내가 해결하는 거, 그게 내 유일한 자랑이야."

쓰지는 잠깐 말을 쉬었다. 이내 다시 입술에 힘을 주며 말을 끝맺었다.

"그런데 지금에 와서 다른 사람에게 의지하라는 건 끔찍한 이야기야."

"하지만 지금 상태로는 치료가 불충분해져요."

"내 마지막 남은 자존심이오. 선생님."

쓰지가 목소리에 힘을 주었다.

"생활 보장에 익숙해진 무리에게 자존심이 없다는 이야기가 아니야. 내 병은 자업자득이란 얘기지, 내 말 이해하겠죠, 선생님."

씁쓸함을 머금은 눈이 데쓰로를 향해 있었다.

"생활 보장이란 건 부득이한 사정으로 생활할 수 없게 된 사람을 위해 있는 제도잖소. 나는 그렇지 않아. 나 같은 사람이 선뜻 기대도 되는 게 아니야. 중요한 제도는 필요한 사람을 위해 아껴둬야 하는 법이지. 안 그래요?"

이런 곳에서 이런 사람에게 흠잡을 데 없는 정론을 듣게 될 줄은 데쓰로도 예상하지 못했다. 이런 사람이었구나 싶어 데쓰로는 저절로 고개가 숙여졌다.

"나는 이제 술을 끊을 수 없어요. 그동안 외로운 세상을 맨정신으로 있을 수 없었거든. 그러니 이제 내 수준에 맞는 약만 타 먹다 나빠지면 짝이 있는 곳으로 갈 생각이야."

"간다고 해도 쉽게 가시지 못해요."

데쓰로가 조심스럽게 말했다.

166

"전철을 탈 때 개찰구를 지나듯이 저쪽으로 갈 때는 병원을 지나가죠. 마음대로 뛰어들어서 승차하시면 표를 끊는 우리도 힘들어요."

"선생님은 말도 재미있게 하는구면."

"갑자기 실려 온 환자의 저금통장까지 확인하면서 의료 행위를 할 수는 없잖아요."

"통장 따윈 처음부터 없었어요. 들고 다니는 지갑에 든 게 전부예요. 신분증 대신인 오래된 면허증 외에는 카드도 통장도 없어요. 뭣하면 면허증 뒷면에 대략적인 소지금이라도 써 둘까요? 그럼 선생님도 수고를 덜지 않겠어요."

쓰지는 메마른 목소리로 웃었다.

논리는 엉망이었지만 힘 있는 태도에 데쓰로가 밀렸다.

"쓰지 씨가 피를 토할 때마다 호출되는 저와 간호사들 입장도 생각해 주세요. 남에게 신세를 지지 않겠다는 말과 상당히 모순되잖아요."

"그건 어쩔 수 없지…."

"어쩔 수 없다고요?"

"선생님은 변변치 않은 환자한테 신임을 얻었으니까. 그 정도는 포기하세요."

예상 밖의 대답이었다.

그러나 시원스러웠다. 어안이 벙벙한 데쓰로에게 쓰지 씨가 계속 이야기했다.

"선생님은 내가 처음 이곳에 실려 왔을 때 화도 안 내고, 설교도 안 하고, 그저 한마디 '괜찮아.'라고 말해 줬어요. 그런 선생님은 처음이에요."

쓰지 씨는 다시 목 언저리를 박박 긁었다.

"술꾼이 병원에 가면 사람도 아니라고 호통만 치잖아요? 그런데 선생님은 짐승만도 못한 사람을 사람으로 취급해 줬어요. 선생님이 봐 준다면 나는 안심하고 갈 수 있을 것 같아요."

더듬더듬 말하는 쓰지 씨를 고쿄와 미도리카와가 묵묵히 지켜보았다.

"그러니까 그냥 이대로 놔둬 주면 안 될까요, 선생님?"

데쓰로는 반론할 말이 떠오르지 않았다.

쓰지 씨가 요구하는 것은 어느 모로 보나 불합리했다. 그는 처음부터 합리를 담을 그릇을 이미 어딘가로 치워 버렸다. 그렇다고 자포자기한 소란스러움과도 무관했다. 깊은 체념은 보였지만 어두운 절망은 보이지 않았다. 인생의 종착역에서 저세상행 열차가 도착하기를 느긋하게 기다리는 듯한 한가로운 여행객다운 모습이었다.

침묵이 이어지자 쓰지 씨는 갈라진 입술에 조심스럽게 미소를 머금었다.

"고맙습니다, 선생님."

"저는 아무 말도 안 했어요."

쓰지가 데쓰로를 보며 웃었다. 그리고 두 손을 책상에 대고는 고개를 깊이 숙였다.

"고맙습니다, 선생님."

그리고 한동안 고개를 들지 않았다.

"고맙습니다…."

데쓰로는 다 먹은 컵라면을 테이블 위에 놓고 중얼거렸다.

ㅡ나도 자존심이 있어요, 선생님.

쓰지의 쉰 목소리가 귀에 맴돈다.

솔직히 막상 쓰지 씨가 실려 오면 전력을 다해 치료하는 것 외에 다른 선택지가 없다. 환자의 지갑 사정을 따져가며 의료 내용을 결정하는 의사는 적어도 지금의 일본에는 없다. 하지만 데쓰로는 접으려던 사색을 다시 펼쳤다.

'그게 옳은 일일까?'

웃으며 고개를 숙인 쓰지 씨의 모습이 타다 남은 불처럼 머릿속에서 흔들린다.

이를 어쩐담.

한숨을 쉬며 소파에 몸을 맡긴 데쓰로는 약통에서 별사탕을 꺼내 입에 물었다.

'미나미 선생이라면 어떻게 대답할까?'

뜬금없이 그런 생각이 치고 들어왔다.

매사에 진지한 그 후배라면 역시 치료를 우선할까, 아니면 환자의 의지를 존중할까?

거기까지 생각이 미친 데쓰로는 그런 생각을 했다는 데에 당황했다. 묘한 생각을 다 하는구나 싶어 가볍게 머리를 헝클어뜨리고는 별사탕을 두 개 더 입에 던져 넣었다.

미나미와 같이 기타노텐만구를 거닌 지 벌써 한 달이 다 되어간다. 밤을 새웠던 탓에 어딘가 기억이 분명치 않다. 어쩐지 들뜬 듯한 분위기와 앞서 걷는 미나미의 흔들리는 검은 머리카락이 뇌리에 남아 있다.

'잡념이야.'

데쓰로는 일부러 큰소리로 내뱉으며 생각을 멈췄다.

아무리 생각의 벽돌을 쌓아도 벽돌 자체가 조잡하면 여기저기 틈새가 생긴다. 그리고 그 생각은 끝내 무너지고 만다. 따지고 보면 쓰지 일 하나로 이토록 골머리를 앓으면서 하나가키가 이야기한 보스턴행은 떠올리지 못했다. 이미 그쪽 문제는 처음부터 결론이 났다는 뜻이다.

"마치 선생님이 웬일로 컵라면을 드셨대요."

데쓰로가 고개를 들어보니 아키시카다.

"저녁이 아닌 점심 식사였나요?"

배려가 담긴 질문에 데쓰로는 애써 피곤함을 감추며 답했다.

"아키시카 선생님이야말로 수고가 많으시네요. 그 환자분은 어떻게 됐어요?"

"정신적인 면은 많이 안정되었어요. 다만, 호흡곤란이 심해져 마약의 양을 늘리는 방향으로 조정 중이에요. 그렇게 되면….."

아키시카가 찬장에서 컵을 꺼내 수돗물을 따랐다.

"원래 상태로 돌아가기는 어려울지도 모르겠네요."

그렇게 말한 아키시카는 천천히 주머니에서 작은 통을 꺼내 정제를 입에 넣었다. 그가 먹은 것은 데쓰로와 달리 별사탕이 아니다. 틀림없이 안정제 종류다.

"선생님도 많이 피곤하시죠?"

데쓰로가 묻자 아키시카는 천천히 고개를 좌우로 흔들었다.

"피곤하지 않다면 거짓말이겠지만 그래도 외과에 비하면 상황이 조금은 낫죠."

"주조 선생님은 HCU에 계속 붙어 계신 것 같아요."

"재수술 여부를 오늘 밤 중으로 판단한다더군요."

컵 안에 남은 물을 단숨에 들이켠 아키시카는 창밖으로 시선을 돌렸다. 아파트에 조명이 들어와 별빛처럼 보였다.

"어때요, 마치 선생님. 잠깐 원외 레크리에이션이라도 가지 않으실래요?"

갑작스러운 제안이다.

"기분 전환을 하고 싶은데 가볍게 한 잔 정도 어울려 주시면 감

171

사할 텐데요."

데쓰로는 아키시카의 원내 레크리에이션에는 자주 동참했다. 하지만 그가 원외로 초대하는 일은 흔치 않았다.

"선생님이 그런 데로 불러 주시는 건 드문 일인데요."

"물론 류노스케에게 달렸어요. 보호자의 귀가가 늦어져도 괜찮은지 아닌지에 따라."

"그건 괜찮을 것 같아요. 매번 너무 빨리 집에 들어온다고 걱정할 정도니까요."

데쓰로가 웃으며 일어섰다.

병원을 나서자, 히가시야마 위에 달이 떠 있다.

음력 8월 보름달이 뜨는 중추 명월은 이미 지났다. 낮은 아직 여름의 영역이지만 해가 지면 바람과 달, 산의 가장자리에 계절의 변화가 살짝 감도는 시기다. 쓰키미당고를 아직 못 먹었다며 투덜거리는 데쓰로를 데리고 아키시카가 앞장서 걸었다.

많은 차가 오가는 시조 거리를 건너 얽히고설킨 골목으로 들어갔다. 교토의 길을 바둑판의 눈 같다고들 말한다. 하지만 깔끔하게 나누어진 대로 사이에 가로 세로로 길이 나 있는 데다가 그중에는 지도에도 나오지 않는 이름 없는 길도 무수하다.

아키시카는 데쓰로도 모르는 좁은 골목으로 능숙하게 들어갔다. 구불구불한 돌바닥 골목길을 비롯하여 팔을 벌리면 양쪽 담장에 손이 닿는 좁은 골목이다. 민가의 터인가 싶은 생울타리 사이로 빠져나와 이름 모를 절의 경내를 가로지르고, 때로 큰길로 나왔는가 하면 판자 울타리에 묻힌 감실 옆으로 빠져나가 가로등도 없는 길을 걸었다. 머리 위를 올려다보자 가늘고 길게 잘린 밤하늘을 비스듬히 가르는 전선과 하얀 달이 보인다.

그렇게 도착한 곳은 원색의 네온과 수상한 입간판이 늘어선 좁고 긴 거리였다.

[Bar 인베이더]

쇼와 시대의 고전적인 분위기를 풍기는 빛바랜 간판 옆에 지하로 이어지는 어두컴컴한 계단이 있었다. 데쓰로 혼자서는 절대로 발을 들이지 않을 으스스한 공간으로 아키시카는 덤덤히 내려갔다. 지하의 나무문 안쪽으로 펼쳐진 공간도 독특했다.

전체적으로 다운라이트로 꾸며진 세계에 엷은 보라색 빛이 번진다. 정면으로 바텐더가 선 카운터가 있고, 오른쪽에는 나지막한 사각 테이블 몇 개가 나란히 놓여 있다. 널찍한 왼쪽 공간의 벽 쪽에는 화려한 전구 장식으로 수놓은 다트 보드가 보인다.

월요일 밤인 탓일까. 다른 손님은 없고 한 쌍의 젊은 커플만 다트를 즐기고 있을 뿐이다.

카운터에서 가까운 사각 테이블에 아키시카와 마주 앉은 순간 데쓰로가 환하게 웃었다.

"가게 이름이 인베이더인 이유를 알겠어요."

밋밋한 테이블 중앙에 매립된 모니터에서 '스페이스 인베이더' 로고가 깜빡인다. 자세히 보니 테이블 양쪽에 검은색 레버와 빨간색 버튼이 달려 있다. 테이블 자체가 쇼와 시대 일본을 석권했다는 오래된 게임기였다.

"인베이더 게임의 게임기 케이스 맞죠."

"역시 마치 선생님이네요. '게임기 케이스'라는 말을 아시군요?"

"중학생 시절에 오락실 좀 다녔다고 했잖아요. 그런데 아직도 작동하는 테이블 게임기 케이스가 있다는 게 신기해요."

"플로어에 놓인 4대 모두 현역이래요."

말을 듣고 실내를 둘러보니 네 개의 테이블 자리가 모두 게임기였다. 각 테이블에서 화면이 희미하게 빛난다.

"저쪽에는 갤러그랑 제비우스도 있어요."

아키시카가 열띤 모습으로 설명하는 게 재미있다.

"웬일이래. 준이 친구를 다 데리고 오고."

가게 주인으로 보이는 여성이 다가오며 물었다.

"안녕하세요, 가렌 씨. 제가 매일 신세를 지는 선생님이에요."

가렌 씨라고 불린 여성은 흰색 와이셔츠에 검은색 조끼와 나비 넥타이를 갖춘 바텐더 차림이다. 패션모델처럼 키가 크고 다리도 길다. 흰색과 검은색의 흑백 유니폼과 대조적으로 짧게 커트한 새빨간 머리와 그 못지않게 새빨간 립스틱이 인상적이다.

"멋지시네."

한쪽 눈을 살짝 감으며 말하는 그녀에게 데쓰로는 황급히 고개를 숙여 인사했다.

"준은 평소 마시던 거로?"

"네, 주브로브카를 샷으로요. 마치 선생님은 뭐 드실래요?"

데쓰로는 갑작스러워 대답이 나오지 않았다. 대학 시절에 바나 클럽을 몇 번 가보기는 했지만 이런 곳을 언제 왔었는지 기억조차 가물가물하다. 데쓰로는 이런 어둠 속에서 술을 마실 바에야 오래 된 절의 경내에서 경단을 먹는 편이 훨씬 좋다고 생각했다.

"뭐 좋아하는 거 있어요?"

"마치 선생님은 단것에 사족을 못 쓰세요."

가렌의 물음에 아키시카가 대답했다.

"단 걸 좋아하시는구나. 네리키리랑 말차는 없지만 적당히 달 달한 것으로 내올게."

가렌은 시원스럽게 말하고 자리를 떴다.

아키시카는 지갑에서 동전을 꺼내 게임기 케이스 옆에 밀어 넣었다. 그러자 테이블 속 화면이 바뀌며 게임 음악이 흘러나온다.

"죄송해요. 게임을 하지 않으면 불안해서요."

"저는 괜찮아요. 편하게 하세요."

데쓰로는 가게 안을 둘러보았다.

"이런 곳이 다 있었네요. 교토에 온 지도 벌써 5, 6년은 됐는데 전혀 몰랐어요."

"이 동네는 넓기보다는 깊어요. 아주 깊죠…."

화면에서 빛나는 게임 로고가 아키시카의 안경 렌즈에 반사되어 푸른빛으로 깜빡인다. 이윽고 나란히 정렬한 인베이더가 나타나면서 게임이 시작되었다.

"이 오래된 동네에는 여러 가지 역사적인 건물이 남아 있는데, 그것들은 손님을 접대하기 위해 진열된 이른바 골동품이에요. 골동품이 나쁘다는 건 아니지만 생활이 골동품에 묻히면 살아있는 마을이 아닌 박물관이 되죠. 그런데 이렇게 오래된 물건이 골동품으로 전락하지 않고 일상에서 살아있기 때문에 이 거리가 재미있는 것 같아요."

아키시카는 환자의 병세를 설명하듯 비유적으로 말했다. 그의 손이 레버와 버튼을 움직일 때마다 화면에서 작은 기체가 경쾌하게 좌우로 미끄러지며 인베이더를 정확하게 쏘아 떨어뜨리며 말을 이었다.

"그래서 큰길만 걸어 다니면 이 마을의 진짜 모습을 볼 수 없어요. 여기저기 숨어 있는 입구를 찾아내 심층으로 깊이 파고들어야 하죠."

"어떤 입구 말인가요?"

"관광안내서에는 적혀 있지 않은 입구요. 그런 비밀의 입구를 발견하고 깊은 곳으로 내려가야지요. 그러면 왜 이 오래된 마을이 아직도 생기가 넘치는지 알게 되죠."

그때 가렌이 돌아와 달걀만 한 샷 글라스를 테이블 위에 올려놓았다. 보기에도 차가운 글라스가 조명과 모니터의 빛을 받아 요염하게 빛난다.

"새로운 것과 오래된 것이 마구 뒤섞이면서 독자적인 칵테일로서 참신한 맛을 내는 곳. 그런 곳이죠, 여긴."

"그렇군요"

데쓰로는 대답하며 물끄러미 글라스를 바라보았다.

쇼와 시대의 인베이더 게임기 위에 샷 글라스가 놓인 이 모습이 바로 이 바를 상징하는 건 아닐까. 글라스에선 은은하게 허브 향도 난다. 시대뿐만 아니라 국적도 뒤섞여 있다.

아키시카가 인베이더를 전부 격추하여 첫 스테이지를 클리어했을 때 유리잔 가장자리에 라임이 장식된 칵테일이 도착했다.

"준이 마시는 주브로브카에 사과주스를 섞은 샤를로트카야."

가렌은 칵테일 말고 작은 접시도 하나 내려놓았다. 접시 위에는 검은빛이 나는 직육면체 물체가 두 개 올려져 있다.

"이건 서비스, 저번에 손님한테 선물로 받은 '밤의 매화'야."

"도라야의 양갱 아닌가요?"

불쑥 데쓰로가 질문했다.

도라야의 양갱은 데쓰로가 도쿄에 있을 때부터 매우 좋아하는 것 중 하나다. 너무나도 잘 알려진 유명한 일본식 과자 가게인데 본래 교토에서 창업한 노점이다.

"보드카랑 일본 과자가 제법 잘 어울리거든. 준이 친구를 데려오는 일이 잘 없으니까 특별히 주는 거야."

가렌이 살짝 속삭이고서는 다시 카운터로 돌아갔다.

"사랑받고 있네요, 아키시카 선생님."

"사랑인가요. 조금 달라요. 그녀가 주는 것은 사랑이 아니에요. 용기죠."

아리송한 말과 함께 아키시카가 잔을 들었다. 데쓰로도 잔을 들고 건배를 외쳤다.

한 모금 마셔 보니 보드카치고는 순한 맛과 코가 알싸한 허브향에 올라온다. 거기에 사과주스의 풍미가 더해져 놀라울 정도로 신선한 맛이다.

"자주 오시나요?"

"매주 와요. 그리고 지금처럼 어려운 환자가 있을 때는 매일 오고요."

말을 하면서도 아키시카는 다음 스테이지에 도전 중이다.

버튼을 탁탁 누를 때마다 인베이더가 부서지며 흩어진다. 아키시카는 움직이는 적을 차근차근 쏘아 떨어뜨렸다.

"의사라는 일은 제게 책임이 너무 무거워요. 하지만 별달리 할 줄 아는 일도 없어서 이 일을 계속하고 있네요. 그런데 그 얼마 없는 용기마저 금세 고갈되네요. 그래서 쓸모없는 겁쟁이가 되지 않도록 여기 와서 종종 용기를 나눠 받아요."

혼잣말처럼 아키시카가 띄엄띄엄 말했다.

데쓰로는 여러 궁금한 점이 떠올랐지만 파고들지 않았다. 이 불가사의한 정신과 의사의 인생은 아마도 데쓰로가 상상할 수 있는 범주 너머에 있는 것 같다. 지금은 그저 이 기묘한 지하 기지에서 한때를 즐길 뿐이다.

두 번째 스테이지를 가볍게 클리어한 아키시카가 잔을 휙 기울여 단숨에 들이키고는 카운터를 향해 한 잔 더 달라고 신호했다.

"살아만 있으면 좋은 일이 생긴다, 그런 말을 자주 들어요."

아키시카의 맥없는 목소리가 이어진다.

그의 눈은 여전히 테이블 위의 모니터에 고정되어 있다.

"물론 대다수에게는 사실일지도 모르죠. 하지만 그렇지 않은 사람도 분명히 있어요."

"그렇지 않은 사람이요…?"

"살아있는 게 지옥 같은 사람들이지요. 예를 들면 거동을 못 하는 어머니의 간병에 지쳐 동반 자살을 도모한 늙은 아들, 남편의 가정폭력에 두려워하며 지내는 아내, 수시로 부모에게 성폭력을 당하는 소녀…."

아키시카는 담담한 말투로 범죄의 세계를 묘사했다. 그러면서도 게임기 버튼을 탁탁 눌러 댄다. 그럴 때마다 인베이더가 한 대씩 사라진다.

가렌이 두 번째 잔을 게임기 케이스의 구석에 올려놓았다.

"전에 있던 병원에서 광기의 문턱에 선 사람들을 많이 봤어요. 실제로 광기에 휩싸인 사람도 봤죠. 이제 제발 죽으라고 말해 주고 싶어지는 사람들을요."

"…믿을 수 없는 세계네요."

"믿을 필요도 없는 세상이에요, 대부분 사람에게는 그렇죠. 하루하루를 열심히 사는 사람이 사는 게 지옥 같다는 사람의 세계를 이해할 수 없죠. 애초에 이해라는 게 불가능하고요. 젊고 건강한 사람이 암 환자의 고통과 두려움을 이해할 수 없는 것과 마찬가지 예요. 광기도 죽음도 보통 사람들에게는 인연이 없는 세상이죠. 하지만…."

화면 가장자리에서 끝까지 살아남았던 인베이더가 부서졌다.

"의사는 그렇지 않아요."

화면에 스테이지 클리어라는 문구가 떴다.

그 사이에 아키시카는 잔을 기울여 알코올을 입으로 흘려 넣고 다시 게임으로 돌아간다. 그 독특한 리듬에 이끌리듯 데쓰로도 술을 한 모금 마시고 작은 접시에 담긴 양갱을 잘랐다. 광택이 나는 일본식 과자 한 조각을 입에 넣자 촉촉하게 혀에 달라붙는 것만 같다. 가렌의 말이 옳았다. 너무 가볍지도, 너무 무겁지도 않은 팥 양갱의 풍부한 단맛과 보드카의 개성 있는 향기가 절묘하게 어울려 세상에 없는 맛을 표현하고 있었다.

"저는 광기의 끝을 보고 거기서 도망쳐 나온 사람이에요. 그런데 도망쳐 온 이곳에서 당신 같은 의사는 담담하게 죽음과 마주하고 있었죠. 광기도 죽음도 인간이란 존재가 성립되는 가장 바깥쪽 가장자리에 떠도는 우주예요. 함부로 접근하면 돌아올 수 없죠. 아니, 돌아와야 하는 의미조차 잃어버려요. 그래서 무한한 용기가 필요하죠."

알코올의 영향도 있을 것이다. 아키시카에게서 약간의 취기가 느껴진다.

그 어느 때보다 거침없이 말하면서도 흔들림 없는 손놀림으로 아키시카가 쏘아대는 빔은 점점 정밀했다. 인베이더를 격파하고, 적의 총알을 뚫고, 한 번씩 나타나는 파란 UFO도 놓치지 않는다.

데쓰로는 그 모습을 보며 샤를로트카를 기울인 다음 도라야의 양갱을 입에 넣었다.

데쓰로는 아키시카가 어떤 가혹한 일을 겪은 탓에 정신과에서 내과로 옮겼다는 이야기를 얼핏 들은 적이 있다. 여러 사람이 목숨을 잃는 무언가가 있었다고 나베시마가 말끝을 흐렸기 때문에 자세히는 모른다. 물어볼 생각도 없고, 들을 자격도 없다고 생각한다.

"저는 오히려 죽음에 대해 더 알고 싶어요."

데쓰로가 나지막하게 말문을 열었다.

하필 데쓰로의 말과 함께 종횡무진 활약하던 아키시카의 기체가 적의 직격탄을 맞고 사방으로 흩어진다. 그는 어깨를 약간 움츠렸지만 고개는 들지 않았다. 그대로 아무 일도 없었던 것처럼 게임에 몰두한다. 데쓰로도 화면을 응시한 채 계속 말을 이었다.

"환자분들의 마지막을 지킬 때마다 생각해요. 그들이 무엇을 보고 있었는지 더 알고 싶어요. 죽음에 대해 더 잘 알게 되면 최후의 시간이 다가온 환자에게 자신 있게 말하면서 안심시켜 줄 수 있지 않을까요? 두려워하지 않아도 된다고요."

"당신이란 사람은…."

아키시카의 중얼거림은 등 뒤에서 들려온 환호성에 가려졌다. 벽에 걸린 다트 보드가 무언가 화려한 전자음과 함께 번쩍번쩍 점멸한다. 아키시카는 쉼없이 레버를 움직이며 말했다.

"선생님은 진정한 용사군요. 진심으로 존재의 가장자리까지 찾아가려고 하네요."

"그렇게 거창한 건 아니에요."

"아니에요, 드래곤 퀘스트의 역대 주인공도 당신만큼 용감했을지 의심스러운걸요. 하지만 조심하세요. 존재의 가장자리에서 길을 잃으면 정말 돌아올 수 없어요. 교주나 미치광이가 되든지 목을 매든지 둘 중 하나예요."

"괜찮을 거예요. 선생님도 잘 돌아오셨잖아요."

"제가 돌아왔다고요?"

"선생님이 무척 다정한 건 광기의 끝을 보고 오셨기 때문인 것 같아요. 오늘도 늦게까지 병동을 걷고 계셨잖아요. 저보다 훨씬 용기 있는 진정한 용사입니다."

화면에서는 또다시 아키시카의 기체가 터지며 흩어진다. 아키시카는 눈을 휘둥그레 뜬 채 데쓰로를 바라보았다. 늘 초연한 전직 정신과 의사에게 보기 드문 표정이다. 코끝에서 흘러내린 안경을 고쳐 쓸 생각조차 못 하고 있다.

이윽고 아키시카는 굳은 표정을 풀더니 싱글거리며 말했다.

"오늘부로 선생님을 제 안정제라고 말한 걸 정정해야겠네요. 정말이지 이건 터무니없는 극약이에요."

아키시카는 데쓰로의 말을 유머로 받아들인 모양이다. 하지만 데쓰로는 진지했다. 그는 평소에 남에게 무관심한 태도로 일하지만 실제로는 놀라울 정도로 주위를 잘 살핀다. 신중하게 환자를 지켜보는 것은 물론이고, 주조를 염려하고 데쓰로를 배려한다. 또 주변 사람들의 심경을 무심하게 점검하고 신경 써 준다. 의국에 혼자 앉아 있던 류노스케를 누구보다도 걱정하고 놀이 상대가 되어 준 것도 아키시카였다. 그 자신이 광기의 끝까지 갔다 왔기에 가능한 일인지 모른다.

데쓰로는 왠지 모르게 마음속이 따뜻해지는 듯한 기분을 느끼며 남은 샤를로트카를 들이켰다. 기다렸다는 듯 가렌의 목소리가 들려왔다.

"한 잔 더 할래?"

아키시카가 바로 한 잔 더 달라고 하자 데쓰로도 한 잔 더 부탁했다.

잔을 가져가면서 가렌이 데쓰로의 귓가에 속삭였다.

"준이 이렇게 즐거워하는 모습을 오랜만에 봤어요. 고마워요."

"그런가요. 그런데 제가 가렌 씨에게 더 감사해야 해요. 보드카와 도라야의 궁합이 정말 좋던걸요."

데쓰로의 말에 가렌은 윙크를 던지고 카운터로 돌아갔다. 요즘 세상에 저런 동작을 저처럼 멋들어지게 할 수 있는 여성이 몇 명이나 될까.

테이블 너머로 시선을 돌리니 아키시카가 지갑에서 동전을 꺼내고 있다.

"게임 한 판 더 해도 돼요?"

그의 눈은 적당한 술기운으로 부드러웠다. 데쓰로는 술잔을 한 손에 들고 가볍게 고개를 끄덕여 주었다.

몇 명의 손님이 새로 들어오며 다운라이트로 꾸민 가게 내부가 갑자기 활기를 띠었다. 쾌활한 떠들썩함에 몸을 맡기듯 데쓰로는 눈을 감았다.

그날 밤 주조의 환자는 다행스럽게도 수술을 면했다. 그리고 서서히 경과가 개선되어 일주일 후에 퇴원하기에 이르렀다.

자살을 기도했던 아키시카의 환자는 고통을 줄이기 위해 천천히 마약의 양을 늘리다 약 2주 후에 숨을 거두었다. 안락사가 허용되지 않는 나라에서 가혹한 2주를 보냈지만, 마지막에는 가족이 지켜보는 가운데 조용히 여행을 떠났다.

9월 말의 화요일이다. 오전 9시 30분에 교토에서 출발하는 노조미 218호 열차의 그린 좌석에 몸을 내던진 하나가키가 숨을 크게 내쉬었다.

늦더위는 천천히 물러가고 있었지만 단풍을 보기에는 아직 이르다. 다만 성급한 여행객들이 움직이는 바람에 기차 안이나 역에는 오가는 사람들이 많았다.

평일 아침의 신칸센 홈에는 출장길에 오른 듯한 회사원의 모습이 많이 보인다.

아마도 교토 시내에는 수학여행을 온 학생들로 붐벼 홈의 구석마다 시끌벅적할 것이다.

차창 밖은 나이도 직종도 목적도 다양한 사람이 서로 뒤섞이며 계속 붐빈다.

"평일인데도 꽤 많은 인파네요."

가쓰라기가 여행 가방을 그물 선반에 올리며 말을 꺼냈다.

하나가키는 창밖만 바라볼 뿐 대답이 없다.

가쓰라기는 힐끔 하나가키를 보더니 아무 말 없이 옆자리에 조용히 앉는다.

이윽고 열차 내 안내 방송이 흘러나오며 신칸센이 출발했다. 오늘은 하나가키가 미국으로 떠나는 날이다. 간사이 국제공항에서 출발할 예정이었지만, 환승 편의 사정으로 나리타까지 이동해야 한다.

미국에 갈 예정인 의국원들은 모두 각자 맡은 일이 있어 출발 타이밍이 제각각이다. 그래서 보스턴 현지에서 모이기로 했다.

하나가키도 혼자 출발할 생각이었는데, 돌연 가쓰라기 편집장이 전화로 동행하고 싶다고 나섰다. 그는 보스턴행에 맞춰 휴가를 냈다고 성실하게 보고했다.

"나이가 들면 여러모로 융통성 있게 조정할 수 있거든요. 저도 오랜만에 미국에 가고 싶었어요. 물론 취재하러 가는 거지만 회삿돈으로 태평양을 횡단하면 욕먹으니까 이번에는 자비로 가는 거예요."

"일보다는 취미차 떠난다는 말이네."

"취미라는 표현은 정확하지 않아요. 항상 말하듯이 전 선생님의 팬이니까요."

가쓰라기에게 해학의 태도는 없다. 종잡을 수 없는 사람이라고 해 버리면 그만이지만, 하나가키는 그가 연체동물처럼 정체를 알 수 없는 사람이 아닌 단단한 척추가 통하는 인물임을 안다. 자신이 신출내기 의사였을 때부터 이 편집자는 너무 가깝지도 멀지도 않은 적당한 거리를 유지하며 때때로 세심하게 편의를 봐주었다. 절대 경박한 흥미나 호기심만으로 되는 일이 아니다.

"분명히 우리가 갈 가치는 있다고 생각해. 일상 진료에서는 못

보는 특별한 쇼타임을 볼 수 있으니까."

"네. 기대하고 있어요."

이리하여 편집자의 동행이 결정된 것이다.

가쓰라기가 움직이기 시작한 열차 내에서 말문을 열었다.

"선생님, 너무 침울해 보여요. 그동안 못 보던 모습입니다."

"내가? 침울하다고?"

하나가키가 돌아보니 가쓰라기는 미소를 짓고 있다.

"그 선생님이 안 오셔서 그런 건가요?"

"말도 안 돼."

하나가키가 과장되게 양손을 손사례치며 익살맞게 굴었다. '그 선생님'이 누구인지 일일이 발뺌할 만큼 그도 눈치가 없는 것도 아니었다.

"가쓰라기 씨는 처음부터 녀석이 오지 않을 거로 생각했을 거 아냐."

"뭐 그렇죠. 저는 폰토초에서 한 번 봤을 뿐이지만 미국에 오는 마치 선생님의 모습은 상상이 안 되더라고요."

"어째서?"

"그 질문에 대답하려면 그 선생님을 더 취재해야 해요. 하나가키 선생님이야말로 진심으로 기대했던 건 아니죠?"

하나가키는 대답하지 않고 다시 창밖으로 시선을 돌렸다.

187

교토역을 빠져나온 신칸센은 서서히 가속하여 히가시야마를 향해 질주했다.

"뭐 전혀 기대하지 않은 건 아니고…."

중얼거리는 하나가키의 뇌리에 며칠 전 데쓰로와 나눈 통화가 떠올랐다.

"마치, 지금이라도 늦지 않았어. 비행기 자리는 준비해 줄 테니까 오기만 하라고."

하나가키의 말에 데쓰로는 웃기만 했다. 그 태도는 데쓰로의 흔들리지 않는 마음을 대변하고 있었다.

"여긴 제가 지키고 있을게요. 마음 편히 다녀오세요."

"나야 마음 편히 가려고 아마부키를 남기고 가잖아."

하나가키가 쓸쓸함을 머금은 채 답했다.

"이럴 줄 알았으면 너한테 모든 걸 다 떠넘기고 아마부키를 데리고 갈 걸 그랬어."

"좋은 생각이라고 하고 싶지만, 히라이즈미 교수님께 들키면 큰일 나요. 선배님 출셋길도 막힐걸요."

"내 출셋길은 그 정도로 막히지 않아."

그런 대화는 큰 의미가 없었다. 하나가키에게는 가장 신뢰하는 후배가 움직이지 않았다는 사실만 중요했다.

"데쓰로는 예전부터 인간에게 지나치게 흥미를 갖는 경향이 있었으니까."

가쓰라기가 눈썹을 치켜올리며 반문한다.

"인간?"

"최첨단 의료를 채택하려면 어딘가 기술 바보가 되어야 해. 환자나 그 가족의 마음 따위는 잊고 눈앞의 암세포와 죽기 살기로 대치해야 하지. 하지만 그 녀석은 툭하면 인간에게 시선을 집중시키거든."

"의사로서는 중요한 일이네요."

하나가키는 묵묵히 고개를 끄덕였다.

의료는 물론 인간 중심이다. 질병을 진료하는 게 아니고 인간을 진료한다는 의학부 교육에 몇 번이나 나오는 강령이다. 하지만 하나가키의 생각은 조금 다르다. 인간 중심을 내세우는 한 도저히 도달할 수 없는 영역이 있다. 새로운 기술을 개척하기 위해 환자의 불안과 가족의 동요를 떨쳐 버리고 수치와 그래프, 바이러스나 암세포와 죽기 살기로 마주해야 한다. 그렇게 수많은 선구자가 미지의 숲을 개척해 온 결과 지금의 의학이 완성되었다.

대치해야 하는 것은 미지뿐만이 아니다. 때로는 인간성이란 신성한 터널을 뚫고 윤리의 협곡도 건너야 위암과 대장암을 도려낼 수 있다. 그만큼 의사는 여러 고민을 안고 산다.

"그거 알아, 가쓰라기 편집장? 세상의 의사란 마음에 두 종류의 인격을 품고 있어."

"상급과 하급인가요?"

"그런 발상도 싫지 않지만 조금 달라. 질병을 대하는 과학자와 철학자 두 종류지."

흥미롭다는 듯 가쓰라기가 팔짱을 끼며 경청했다.

"어떤 의사든 이 두 영역을 왔다 갔다 하며 일하지. 사람마다 비중도 다르고 대부분 평범한 중도파지만 나처럼 과학으로 완전히 쏠리면 미국까지 가서 내시경을 휘두르게 되지."

"그럼 마치 선생님은 철학 쪽으로 완전히 쏠리셨나요?"

"그렇지 않아서 성가신 거야."

가쓰라기가 잘 모르겠다는 듯 턱수염을 쓰다듬었다.

"철학 쪽으로 완전히 돌아선 의사는 현장에서 쓸모가 없어. 기껏 교회에서 기도하거나 현장에서 멀리 떨어진 서재에서 소설을 쓰고 있겠지. 마치는 일류 과학자이지만 철학자로도 범상치 않아서 예사롭지 않다는 거야. 나는 이제까지 살아오면서 그런 의사를 본 적이 없어."

가쓰라기가 생각하기에 이것은 최고의 극찬이다. 마치 데쓰로라는 의사를 더 깊이 알아 봐야겠다는 흥미가 샘솟는 동시에 하나가키가 지닌 그릇의 크기도 정확하게 파악됐다. 높은 자리에 있는 데다 실력도 갖춘 인물이 후배에게 이런 찬사를 보낼 수 있다니. 하나가키의 넓은 도량이 엿보인다.

"솔직히 말하면 나보다 그 녀석의 시야가 더 넓어. 둘이 같이 일할 때 마치가 대학을 이끌면 나는 필요 없어지지 않을까 심각하게 고민도 했지."

"그런데 3년 전에 갑자기 퇴국하셨다 이 말이지요?"

"그가 여동생을 잃고 떠났을 때는 내가 2, 3년만 의국을 지탱하고 있으면 마치가 돌아올 줄 알았어. 하지만 이제 그렇게는 안 될 것 같군."

"가족을 잃고 여러 가지를 생각하게 된 걸까요?"

"생각한 게 아니야, 본 거지."

"봤다고요?"

가쓰라기가 하나가키의 말을 되새겼다.

"그 녀석이 여동생의 마지막을 지켰을 때 세상의 이면을 본 거 같아. 어린 자식을 둔 엄마가 아이를 두고 죽어야 하는 불합리하기 짝이 없는 세상의 구조를 본 것이지."

가쓰라기가 미간을 좁혔다. 하나가키는 또다시 가만히 창밖을 응시했다. 그 시선은 아득한 추억의 영역을 보고 있다.

"언젠가 그 녀석이 세상에는 자비도 자애도 존재하지 않는다고 말하더군. 노력도 인내도 도움이 되지 않는다는 거야. 무수한 톱니바퀴들이 서로 꽉 물고 끝없이 영원히 계속 돌아가듯 차가운 공간만 펼쳐져 있을 뿐이라고."

"그건 참… 무서운 세상이군요."

가쓰라기가 중얼거리며 턱수염을 다시 쓰다듬었다.

"그 녀석은 그 누구보다 염세적이거든."

"하지만 세상을 그런 식으로 보는 것 치고는 마치 선생님에게서 묘한 따뜻함이 느껴져요. 세계관과 인간상이 별로 일치하지 않네요. 어째서일까요?"

"그건 내가 묻고 싶어."

하나가키는 발밑에 둔 가방에 손을 넣고 부스럭부스럭 뭔가를 찾으며 말을 이었다.

"내 취재가 끝나면 꼭 그 녀석을 찾아갔으면 좋겠어. 철학과 출신인 가쓰라기 편집장이라면 복잡한 내시경과 함께하는 것보다 훨씬 자극적인 시간을 보낼 수 있을 거야."

귀 기울여 경청하던 가쓰라기가 고개를 크게 끄덕였다.

역시 하나가키라는 인물은 능력, 기개, 시야, 철학, 모든 영역에서 특이하다. 그렇기에 그에게 강하게 이끌려 지금까지 그 행보를 지켜보고 있는 건 아닐까. 하나가키 옆에 있으면 마치 데쓰로라는 그 종잡을 수 없는 인물에 대해서도 언젠가 알게 될 거라고 가쓰라기는 직감했다.

"어려운 얘기는 이 정도로 해 둘까?"

시원스럽게 말하는 하나가키 손에 캔맥주 두 개가 쥐어져 있다.

"어때, 가쓰라기 씨. 보스턴 라이브 성공을 미리 축하하자고."

"좋아요, 선생님. 어차피 편도 20시간 이상 걸리니까요."

"그 긴 여행을 같이 간다니, 당신도 취향이 참 독특해."

"아니요, 아무나 따라가는 게 아니에요. 아까도 말했듯이 선생님의 팬이라서 그래요."

너털웃음을 웃은 하나가키가 치익 소리를 내며 맥주를 땄다. 두 사람은 건배를 외치며 캔을 맞부딪혔다.

한 모금 마신 가쓰라기는 자신의 세컨드 백에서 책 몇 권을 꺼내 테이블 위에 올려놓았다. 책 표지에서 칸트와 스피노자의 이름을 발견한 하나가키가 "어, 이것 봐라." 하면서 웃었다.

"마치를 취재하기 위한 예습인가?"

"아니요, 새콤달콤한 청춘의 추억을 되새길 뿐이에요."

하나가키는 코웃음을 치더니 어깨를 으쓱하며 맥주를 한 모금 들이켰다.

신칸센은 어느새 야마나시의 산들을 빠져나와 오미로 들어서고 있다.

"하나가키 선생님은 지금쯤 신칸센으로 이동 중이시려나요?"

쓰치다의 목소리에 데쓰로는 전자 진료 기록부에서 고개를 들어 창밖으로 눈길을 돌렸다.

"그런가, 오늘이 출발일이었던가."

데쓰로의 말에 쓰치다가 맥 빠진 표정을 짓는다.

"괜찮으시겠어요? 잘 다녀오라는 문자라도 해야 하는 게…."

"괜한 배려일걸요. 모처럼 답답한 대학을 나온 참이니까요. 분명 신칸센에서 느긋하게 맥주를 마시고 있을 거예요."

"그런가요. 그건 그렇고 대단하시네요, 이제 미국에서 내시경을 하신다니 왠지 제가 다 긴장돼요. 게다가 그런 대단한 선생님이 종종 여기까지 찾아오신다니⋯."

쓰치다의 솔직한 감회에 데쓰로는 미소를 지었다.

이제부터 생각하는 것 이상으로 하나가키에게 거대한 압박이 가해질 것이다. 임상 연구부터 젊은 의사들의 지도, 교육 등 다양한 책무를 질 게 분명하다. 그로 인한 중압감도 예사롭지 않을 것이고, 긴장감이나 부담감도 배로 높아질 것이다. 이를 감수하면서 나아가는 하나가키가 참으로 대단하지 않을 수 없다.

정밀하고 신속한 하나가키의 내시경은 환자의 혈압이 무너지거나 바이털이 불안정한 상황에서 더욱 빛을 발한다. 데쓰로는 그 순간을 몇 번이나 보았다. 틀림없이 전 세계의 의사가 모이는 현장에서라면 그 솜씨가 더할 나위 없이 정확해질 게 틀림없다. 데쓰로가 없다고 처치에 영향이 미칠 인물이 아니다.

그래도 둘이서 처치에 도전하면 성취감을 가져다줄 뿐만 아니라 유쾌한 시간도 보내게 될 텐데⋯. 데쓰로는 감상에 젖었다.

대학에 있을 때 어려운 처치를 끝낸 후 둘이 함께 선술집이나 요정에 갔던 일이 그리운 풍경과 함께 떠오른다.

"선생님도 가고 싶었던 거 아니에요?"

데쓰로의 마음을 눈치챘는지 쓰치다가 묻는다. 데쓰로는 머리 뒤로 깍지를 끼고 느긋하게 의자 등에 몸을 맡기며 말했다.

"그야 가고 싶었죠. 외래, 병동, 왕진 모두 내팽개쳐도 된다면 지금이라도 갈게요."

"그건 안 되죠. 오늘 외래도 꽉 찼어요. 치매인 이즈쓰 씨, 당뇨병인 기쿠야마 씨, 고혈압인 도리이 씨도 있고, 쓰지 씨도 예약하셨어요."

"정말 녹록지 않은 면면이네요."

쓰치다가 예약 내역을 읽었을 뿐인데 데쓰로는 벌써부터 지치는 표정을 짓는다.

외래의 어려움은 사람 수에 비례하지 않는다. 환자의 개성에 따라 걸리는 시간도 크게 달라진다.

치매인 이즈쓰 데루미는 고령의 부인으로 여하튼 말이 많다. 자리에서 일어서려다가도 몇 번씩 다시 앉아 잡담을 펼친다. 항상 함께 오는 딸이 강제로 손을 잡고 끌어야 겨우 진찰실을 나간다.

당뇨병인 기쿠야마는 은행을 정년 퇴임한 남성이다. 과묵하고 완고한 데다가 고집도 세서 대기 시간이 길면 벌컥 화를 내기도 한다.

도리이는 혈압약을 늘리는 데 강하게 반발하고 쓰지는 말할 것도 없다.

"오늘 외래는 오후까지 걸릴 것 같네요."

"어떻게든 할게요. 오늘은 화요일이니까 오후 대장 내시경 검사는 미나미 선생에게 좀 부탁할 수도 있어요."

"무슨 말씀이세요, 오늘 미나미 선생님은 안 오세요."

"뭐라고요?"

데쓰로가 의자에서 몸을 일으켰다.

"지난주에 말씀하셨잖아요. 하나가키 선생님 외에도 여럿이 미국에 가서 대학의 일손이 부족해진다고요. 그래서 우리 병원에 어는 건 이번 주 쉬실 거예요."

"아, 아."

데쓰로는 천장을 다시 올려다봤다. 낮까지만 버티면 부지런한 후배가 와 주리라고 믿고 있었다.

"어느샌가 미나미 선생님을 많이 의지하고 계시네요?"

"그거야 당연하죠. 머리도 좋고 내시경에도 소질이 있으니까요. 게다가 환자들의 평판도 나쁘지 않고요."

"미나미 선생님이 오시는 날은 어쩐지 마치 선생님도 즐거워 보이고요."

쓰치다의 말에 데쓰로가 가볍게 고개를 갸웃거린다.

"그런가요?"

"그래요."

"그런 것 같네요."

명쾌하게 인정하는 데쓰로를 보며 쓰치다가 피식 웃는다.

"자, 외래의 진행이 너무 늦어지면 기쿠야마 씨가 바로 호통치겠죠? 시작합시다."

"넵, 알겠습니다."

쓰치다가 예약표를 들고 접수창구로 사라진다.

데쓰로는 다시 한번 푸른 하늘을 올려다보았다.

최첨단 의료의 세계는 아무도 발을 들이지 않은 미지의 영역을 개척해 나가는 놀라움과 발견으로 가득 찬 길이다. 지금 데쓰로가 마주하고 있는 세계에도 발견과 놀라움으로 가득 차 있다. 여기에도 최첨단 못지않게 많은 의료인이 발을 들이지 않은 미지의 영역이 있는 것이다. 오히려 의료라는 두 글자에 그치지 않는 광대하고 끝없는 인간의 영역이다.

그 길을 개척하고 싶다면 너무 오만한 것일까?

스스로 질문을 만든 데쓰로는 쓴웃음을 지었다.

복잡한 이치는 사상의 취약함을 보여 줄 뿐이다. 따지고 보면 산다는 것은 사색하는 게 아니라 행동하는 것이다.

데쓰로는 앉은 채로 크게 기지개를 켰다. 그리고는 평소보다 배에 힘을 더 주고 큰소리로 환자를 불렀다.

"다음 환자 들어오세요."

제4화
가을이 흘러가는 길

다다스노모리.

교토의 북쪽 교외에 있는 울창한 원시림이다. 이 숲은 다카노가와와 가모가와가 만나는 삼각주 지대에 있다. 외딴 산골이 아닌 민가가 즐비한 주택가다. 그 한복판에 고대의 모습을 간직한 채 남아 있는 자연림은 다른 곳에서는 보기 힘든 절경이다.

다다스노모리에는 시모가모 신사를 에워싸며 남북을 관통하는 참배길이 잘 정비되어 있다. 숲의 규모가 상당히 커서 하얀 모래가 깔린 참배길에 들어서는 순간 속세의 잡음이 사라진다. 곳곳에 있는 붉은 도리이를 지날 때마다 바람 소리, 새소리, 강물이 졸졸 흐르는 소리가 귓전을 때린다.

저 멀리 카메라를 든 노부부와 조깅하는 남성, 개와 산책하는 부인이 오가는 게 보인다. 그리고 성역을 정화하는 무녀의 발걸음인지 숲 저편에는 주홍색이 나비처럼 흩날리고 있다.

"날씨가 참 좋네요."

참배길을 함께 걷는 류노스케가 빙글 돌아 오른손을 들어 올렸다. 나무 사이로 빠져나오는 햇살에 해맑게 손을 흔드는 조카의 모습에 데쓰로는 흐뭇해진다.

모처럼 쉬는 일요일 아침이다. 데쓰로는 류노스케를 데리고 산책을 나섰다. 산조대교에서 가모가와를 따라 오르다 시모가모 신사에서 참배하고 돌아오는 코스다.

데쓰로는 가볍게 운동할 요량으로 편도 약 3km 코스를 나섰지만, 중학교 1학년 조카에게는 식은 죽 먹기인 모양이다. 넘치는 활력을 주체하지 못하고 있다.

10월에 들어섰는데도 아직까지 늦더위가 완강하게 버틴다. 가모가와 참배길은 다소 바람이 불었지만 여전히 다웠다. 다다스노모리에 들어서니 조금은 서늘한 기운이 느껴진다. 참배길의 나무 그늘에 들어가 땀을 닦고 나니 겨우 살 것 같다.

"류노스케, 난 천천히 걸을 테니 조금 달리고 와도 돼."

류노스케는 기다렸다는 듯이 인적이 드문드문 보이는 참배길로 힘차게 달려 나갔다.

경내의 분위기 때문일까. 우거진 나무 사이를 달려가는 조카의 모습이 신사에서 주최하는 마상 무예를 방불케 했다.

데쓰로는 걸음을 멈추고 하늘을 올려다보았다.

다다스노모리는 한마디로 말하면 밝은 숲이다. 언뜻 보기에는 나무로 울창한 숲이지만 고개를 들면 하늘도 보이고 나뭇잎 사이로 햇빛이 쏟아진다.

보통 신사를 에워싸고 있는 숲은 침엽수림이라 암녹색으로 가라앉은 나무 아래는 대체로 어두컴컴하다. 그 자체로 장엄한 분위기를 연출하기 때문에 신사에는 주로 침엽수를 즐겨 심는다. 하지만 다다스노모리는 신사가 만든 숲이 아닌 신과 숲이 손을 잡고 걸어온 곳이다. 고대로부터 이어져 온 느티나무와 푸조나무, 팽나무 같은 활엽수가 많아 바람도 빛도 잘 통한다. 장엄하기보다는 맑고 밝은 느낌이 든다.

데쓰로는 이 숲이 좋았다.

교토에 온 지 얼마 되지 않았을 때는 가끔 혼자 왔지만, 이제는 류노스케와 함께 자주 온다. 류노스케는 벌써 신사를 한 바퀴 돌고 돌아왔다. 한참을 달렸을 텐데 땀 하나 흘리지 않았다.

"병원에 안 가셔도 돼요?"

"병원? 갑자기 왜?"

"오늘 너무 여유로우신 것 같아서요."

"걱정 안 해도 돼. 잘린 건 아니야. 이 시기가 되면 더위가 가시니까 환자도 좀 줄거든."

데쓰로는 나뭇잎 사이로 내려오는 햇빛 아래로 발길을 옮겼다.

백중맞이 무렵에는 야노 기쿠에의 갑작스러운 악화에 쓰지 씨의 응급 내시경이 더해지고 구로키의 임종까지 겹친 날도 있었다. 하지만 그 후로는 조용한 나날이 이어지고 있다.

걱정했던 쓰지 씨는 퇴원 후에도 착실히 통원하며 내복약을 잘 챙겨 먹고 있다. 데쓰로는 추가 치료를 통해 식도정맥류가 세 번 파열되는 일이 없도록 확실히 해두고 싶지만, 욕심부린다고 될 일이 아니었다.

왕진 환자인 이마가와는 췌장암 경과가 평온해서 때때로 정원 산책도 가능하다. 조금만 더 날짜가 지나면 그 정원에서 멋진 단풍을 맞이할 수 있을 것이다.

"하나가키가 없어서 더 평온하게 느껴지는지도 몰라."

데쓰로의 말에 류노스케가 웃었다.

"지금쯤 미국에서 열심히 하고 계시겠죠?"

"그러게, 세미나가 3일 동안 열린다니까."

"잘 되고 있을까요?"

"잘하겠지. 하나가키는 실력자니까."

"제가 없었으면 마치 선생님도 지금쯤 미국에…."

데쓰로가 손을 뻗어 조카의 머리를 마구 헝클어뜨리는 바람에 류노스케는 말을 끝까지 하지 못했다.

"너무 어른답게 굴면 안 돼, 류노스케."

자기 손에서 빠져나가는 류노스케를 지켜보며 데쓰로는 참배길로 나아갔다.

한 걸음 걸을 때마다 하얀 모래가 밟히는 청아한 소리가 숲에 울린다. 새가 내려앉았는지 나뭇가지가 흔들린다. 나뭇잎에 모습을 감춘 채 맑게 지저귀는 소리만 들려온다.

유구한 시간 속에서 숲과 바람과 빛과 생물들이 한결같이 이어 온 온 풍경이 아닐까.

"좋은 숲이야…."

데쓰로가 중얼거렸다.

"이곳에 오면 잊고 지내던 사실을 떠올리게 돼."

"잊고 지내던 사실이요?"

"인간은 정말 작은 존재라는 거."

그때 어린아이의 손을 잡은 엄마가 다가오자 데쓰로는 걸음을 멈추고 살짝 비켜섰다. 겨우 아장아장 걷는 남자아이가 엄마 손을 꼭 붙잡고 지나간다.

데쓰로는 작게 손을 흔들고 다시 걸었다.

"인간을 위대하고 특별한 생물이라고 생각하는 사상가는 오래 전부터 있었지. 특히 서양 철학사를 보면 인간이 특별한 존재라는 생각이 대전제였어. '만물의 영장'이란 말도 전능하다고 여기는 데서 비롯되었을 거야. 하지만 전혀 다른 사상도 있지."

"다른 사상이요?"

"인간은 매우 무력한 생물이고 크나큰 이 세계의 흐름은 정해져 있기에 인간의 의지로는 아무것도 바꿀 수 없다고 말한 사상가도 있었어."

"인간의 의지로 아무것도 바꿀 수 없다고요?"

아리송한 표정으로 묻는 조카에게 데쓰로가 고개를 끄덕이며 되물었다.

"네 의지의 힘으로 아무것도 바꿀 수 없다면 어떨 것 같아?"

"실망스럽죠. 저 같은 중학생도 의지가 있고 스스로 결정할 일이 많은걸요."

"맞는 말이야. 자신의 의지를 확고히 다지라든가, 의지가 약한 인간은 주위에 휘둘리고 만다든가 하는 말들을 들으며 자랐으니까. 하지만 현실에서는 어찌할 수 없는 일도 많아. 예를 들어…."

데쓰로가 검지를 이마에 갖다 댔다.

"아무리 의지가 강한 사람이라도 기하학 평면상의 삼각형의 내각의 합을 200도로 만들 수는 없는 것처럼."

엉뚱한 이야기에 류노스케의 눈이 동그래졌다.

데쓰로는 웃으며 계속 말을 이었다,

"의지의 힘으로 뭔가를 바꾼다면 그런 것까지 생각해야 해. 확고한 의지의 힘이 있어도 쓰나미나 지진을 없앨 수 없고, 환자 몸속에 생긴 췌장암을 없애는 것도 불가능해. 우리가 할 수 있는 일은 기껏해야 달려드는 쓰나미에서 도망치거나, 얼마나 효과가 있을지 모르는 항암제를 주사하는 것이지만, 그것조차 쉽지 않은 게 현실이지. 그런 일들을 자주 보면 인간의 의지로 할 수 있는 일이 거의 없다는 사실을 깨닫게 돼. 그러니까 인간은 세계라는 정해진 틀 안에서 그저 유목민처럼 떠도는 무력한 존재인 셈이야."

류노스케는 나란히 걸으면서 진지하게 귀 기울였다.

"아직 저는… 이해하기 어려운 이야기네요."

"그렇지. 나도 완전히 다 이해하는 건 아니야. 하지만 이것을 깊이 생각한 사상가가 있었어."

류노스케가 문득 깨달은 듯 물었다.

"그게 스피노자예요?"

데쓰로는 미소를 띤 채 하얀 모래를 밟았다.

"맞아. 그는 희망 없는 숙명론 같은 것을 제시하면서도 인간의 노력을 긍정했지. 모든 것이 정해져 있다면 노력하는 의미가 없을 텐데, 그는 이렇게 말했거든. '그렇기에' 노력이 필요하다고."

"어려워요."

"어렵지. 하지만 나는 그가 의외로 중요한 말을 한 거 같아. 인간이 할 수 있는 일은 거의 없다. 그래도 노력하라고 말이야."

류노스케가 얼굴을 찌푸리며 데쓰로를 바라본다.

"그건 너무 가혹한 얘기잖아요."

"그런가? 그래도 난 희망이 넘치는 논리 전개 같아서 그 말을 좋아해. 뭐든지 할 수 있어 전능하다는 생각으로 끝없이 달리게 하는 게 훨씬 더 가혹하지. 그런 의미에서 하나가키는 정말 힘든 길을 걷고 있는 셈이야."

참배길 끝에 한 무리의 인파가 몰려 있다.

검은 예복을 입은 남성과 각각 일본식과 서양식으로 차려입은 여성들이 보이는 것으로 봐서 결혼식 모임이 있는 모양이다. 사람들이 카메라를 향한 곳에 키가 큰 사람이 입은 검은색 일본식 정장과 신부가 머리에 쓴 눈부시도록 새하얀 비단 천이 보인다.

사람의 만남 또한 그러할 것이다. 의지의 힘으로 더 좋은 사람을 만날 수는 없다. 바라는 대로 이루어진다면야 이보다 이해하기 쉬운 세계도 없다.

세상에는 바라봐야 소용없는 일들이 넘쳐난다. 의지나 기도나 소망으로는 세상을 바꿀 수 없다. 그것은 절망이 아닌 희망이다.

"예쁘네요."

행렬을 바라보던 류노스케가 중얼거렸다.

데쓰로가 그의 등을 툭 쳤다.

"넋을 잃고 신부 보느라 참배 가는 걸 잊어서는 안 되지. 가자."

"진짜 참배 가는 것 맞죠? 참배 뒤 먹을 야키모치가 최종 목적은 아니죠?"

예상치 못한 반격에 데쓰로는 눈을 부릅뜨고 말했다.

"잘 들어, 류노스케. 전에도 말했지만 세상에는 꼭 맛봐야 할 세 가지 음식이 있어."

"야키모치와 아자리모치와 조고로모치잖아요."

"잘 아네. 그러니 빨리 참배를 마치고 에비스야에 가자."

알겠다고 대답한 류노스케가 하얀 모래를 박차고 달려갔다.

참배길은 좌우로 넓어지며 눈부시게 빛나는 햇살이 쏟아내는 중이다. 반짝이는 하얀 모래 너머로 선명한 주홍색 누각 문이 보인다.

하필 그때 데쓰로의 주머니에서 스마트폰이 울렸다.

병원 호출이 아니다.

낯선 자릿수의 번호다. 국제전화.

일요일 낮, 의국에 긴박한 분위기가 맴돌았다.

창밖은 쾌청하고 사람들로 북적거렸지만 병원 안 분위기는 바짝 얼어 있다.

데쓰로는 눈앞에 늘어선 두 개의 모니터를 바라보았다.

사례 프레젠테이션용 고화질 모니터에는 CT, MRI, 내시경 등의 영상이 나열되어 있다. 남색 청바지에 연노랑 블라우스를 입은 사복 차림의 미나미 마쓰리가 마우스를 조작해서 화면에 영상을 띄우고 있었다.

모니터에서 아래로 시선을 떨어뜨리자 혈액 검사 데이터가 인쇄된 종이 뭉치가 보였다.

언뜻 보기에도 위험한 수치가 즐비했다.

"폐색성 중증 담관염이에요. DIC$^{\text{disseminated intravascular}}$
^{coagulation}(파종성 혈관 내 응고) 징후가 보여요."

데쓰로는 옆에 앉아 똑바로 바라보고 있는 미나미가 아닌 다른
상대에게 말하고 있다. 상대는 데쓰로가 오른손에 든 스마트폰 안
에 있었다.

"역시 그런가. 하필이면 이 타이밍에…."

통화 상대는 보스턴에 있는 하나가키다.

"평소 진찰하던 환자인가요?"

"주치의는 외과와 소아과야. 간을 이식한 후니까. 하지만 그동
안 담관염을 두 번 일으켜 응급 ERCP를 했어. 그때는 내가 담당했
었지."

"이 나이에 벌써 두 번이나 ERCP를요?"

데쓰로는 데이터 용지 구석에 보이는 '9세, 남성'이란 글자에 살
짝 눈살을 찌푸렸다.

"꽤 성가신 사례네요."

"그래서 전화했어. 어떻게 생각해?"

"망설일 여지가 없어요. 세 번째 응급 ERCP가 필요해요."

"내 판단도 똑같아."

하나가키의 목소리가 무척 무겁다.

시모가모 신사를 거닐던 데쓰로에게 연락해 온 사람은 다름 아

닌 보스턴에 있는 하나가키였다.

"휴일에 미안해."

첫 마디에 이미 절박함이 절절히 배어났다.

인사말을 생략하고 데쓰로가 용건을 물으니 담관염 환자에 관해 상의하고 싶다고 했다. 라쿠토대학 부속병원에 입원 중인 환자가 급성 담관염을 일으켰으니 데이터와 영상을 봐 달라는 내용이었다.

"두 시간 전에 아마부키가 나한테 연락해 왔어."

"그대로 아마부키에게 맡기세요."

"맡길 생각이야. 맡길 생각이지만 환자 나이를 비롯해 여러 가지 문제가 있는 사례야."

고충이 담긴 목소리에 데쓰로는 그 이상 질문을 던지지 못했다. 하나가키가 일부러 미국에서 전화했다면 예사로운 사태가 아닌 게 틀림없었다.

어떻게 도울 수 있냐고 묻자 하나가키가 말을 이었다.

"미나미에게 영상과 데이터를 가지고 하라다병원으로 가라고 할게. 평가해 줬으면 좋겠어."

데쓰로는 흔쾌히 승낙했다.

바로 택시를 잡아 타고 시조 거리에서 류노스케를 내려 준 뒤 하라다병원에 오자 거의 동시에 미나미가 도착했다. 의국의 모니터에 영상을 띄우고 하나가키와 전화를 연결한 참이었다.

"미나미 좀 바꿔 주겠어?"

하나가키의 말에 데쓰로는 스마트폰을 스피커로 돌려 테이블 위에 내려놓았다.

"미나미, 마치에게 프레젠테이션을 해 줘."

미나미가 곧바로 입을 열었다.

"환자는 9세 남아. 2년 전에 소아 급성 간부전으로 생체 간이식을 받았어요."

긴장했는지 가느다랗게 떨리는 목소리가 의국에 울렸다.

간이식 직후 경과는 양호했으나 이후 서서히 담관 협착을 일으켜 2년 동안 담관염을 두 번 일으켰고, 반나절 만에 패혈증에 이를 정도로 위중한 경과를 보이기도 했다. 하지만 하나가키가 신속히 ERCP에 들어가 목숨을 건졌다고 한다.

"그런데 이틀 전부터 갑작스러운 발열로 외과에 입원했어요. 항생제로 해열되지 않는 데다 혈액 검사 결과가 악화돼 오늘 아침 외과에서 소화기내과로 옮겼어요."

"예전 ERCP 내용은?"

데쓰로가 짧게 묻자 미나미가 재빨리 다른 자료를 꺼냈다.

"첫 번째는 협착 부위에 6mm 풍선balloon으로 6기압, 8기압의 2회 확장. 두 번째는 8mm 풍선을 사용했어요. 모두 노치notch의 완전 소실에는 이르지 못했어요."

소화기내과 처치 중 한 단계 전문성이 높은 처치에 대해 미나미가 열심히 프레젠테이션했다. 귀를 기울이면서 데쓰로는 빠르게 예전 영상을 훑어봤다.

"성가시네요."

데쓰로의 입에서 한숨이 새어 나왔다.

"뭐가?"

쏘아붙이는 하나가키의 목소리는 날카로웠다. 강한 압박을 느끼고 있음이 틀림없다.

"소아 ERCP인 데다가 DIC를 일으키려고 한다는 점만으로도 상당히 위험해요. 하지만 그 이전의 조치에서… ."

데쓰로는 모니터로 시선을 돌렸다.

"환자는 우엽 그래프트graft(이식)예요. 유착을 고려하면 십이지장에 도달하는 것부터가 쉽지 않아요. 게다가 ERCP에서 확장 시 두 번 모두 상당한 출혈 영상이 있어요. 협착 부위에 이상한 정맥류라도 생겼다면 가이드 와이어로 돌파하는 것만으로도 위험해요. 경우에 따라 대출혈이나 담관 천공도 일어날 수 있으니까요."

데쓰로가 모니터에서 스마트폰으로 시선을 옮겼다.

"이 위험한 ERCP를 두 번이나 하셨네요."

전화 너머로 깊은 한숨이 들렸다.

"역시. 연락한 보람이 있네."

하나가키가 믿음직스럽다는 듯 웃는다.

"대학 의국에서 나왔다고 실력이 무뎌지는 건 아니군."

"글쎄요. 달리 놓친 점이 있다면 비판을 달게 받을게요."

"없어. 완벽해."

하나가키의 낭랑한 목소리가 울렸다.

미나미는 전율하듯 어깨를 떨었다. 환자의 자료를 충분히 훑어보았는데도 데쓰로가 지적한 내용 대부분은 의미조차 알 수 없었다. 데쓰로의 눈은 정밀하게 환자의 리스크를 잡아냈다. 심지어 자료를 볼 시간이 불과 몇 분밖에 되지 않았는데도 그 영역에 도달한 것이다.

달인이라고밖에 할 수 없다.

어느샌가 주조가 와서 의자에 앉았다. 미나미는 가볍게 미소를 던지며 인사했다. 주조는 오늘 당직인지 하얀 가운을 그대로 입고 있다. 하나가키와 데쓰로의 대화에는 참여하지 않은 채 한 손에 찻잔을 들고 재빠르게 자료를 훑었다.

"어쨌든 응급 ERCP가 필수예요."

"응. 그럴 생각이야. ERCP는 오후 2시에 시작이라 이미 아마부키가 준비하고 있어."

데쓰로가 의국의 시계를 쳐다봤다. 아직 두 시간 남짓 남았다.

"이걸 아마부키에게 맡기면 잘 해낼 수 있을 것 같아?"

데쓰로는 손가락을 턱을 쓸다 질문했다.

"시술자가 니시지마 아니죠?"

"당연하지. 환자에게 중요한 건 의국의 서열이 아니야. 내시경

실력이지. 외과도 소아과도 그 정도는 알고 있어."

하나가키는 딱 잘라 말했다.

데쓰로가 다시 내시경 사진을 봤다.

"7 대 3, 아니 8 대 2로 성공할 거예요."

"여전히 엄격하군. 나는 90%는 성공할 거라고 보고 있어."

엄한 말투로 하나가키가 말했다.

"분명히 성공이 90%이지만 실패의 10%가 더 클 수가 있다는 게 문제지.'

"실패하면 외과 처치로 들어가나요?"

"외과적 처치도 한계가 있어요."

불쑥 주조가 대화에 끼어들었다.

"이 담관에는 PTCD percutaneous transhepatic cholangio drainage(피부간경유 쓸개관배액술)로 해도 ERCP에 못지않을 만큼 어렵다고요."

"주조 선생님인가? 정확한 지적이야, 나도 그렇게 생각해."

하나가키는 냉정했다.

"ERCP가 잘 안 되면 개복도 고려해야 하는데 그러면 리스크가 훨씬 커지지. 패혈증으로 임종할 수도 있으니까."

그 말을 듣자 미나미는 몸이 굳었다.

'아홉 살 소년'과 '임종'이라는 말은 아무리 해도 연결되지 않았다. 하지만 지금 그 이야기를 하는 것이다. 실내에 냉엄한 침묵이 내려앉았다.

데쓰로도 내시경 사진만 들여다볼 뿐 움직이지 않았다. 주조는 외과 처치를 상상하는 것처럼 고개를 숙인 채 눈을 감고 있다.

"나는 성공률 90%에 만족할 수 없어. 온갖 방법을 다 써서라도 100%로 끌어올리고 싶어."

하나가키의 목소리에는 평소 들을 수 없던 간절한 울림이 담겨 있다.

주조가 살며시 눈을 뜨며 물었다.

"그 말은 데쓰로에게 내시경을 맡기겠다는 건가요?"

"그건 아니야. 처치에는 책임이 따르지. 대학의 난관 처치를 원외 의사가 담당할 수는 없어. 애당초 내가 빠졌다고 처치할 의사가 없는 건 아니니까.'

"그럼 저는 뭘 해야 하나요?"

"자네는 직접 손대지는 않아도 돼. 하지만 아마부키에게 조언해 줄 의사가 현장에 있기를 바라는 거지."

뜻밖의 제안에 데쓰로와 주조는 얼굴을 마주 보았다.

"염치없는 말이라는 건 알아. 성공률은 90%야. 아마도 아마부키는 어떻게든 해낼 거야. 하지만 그 녀석이 나 없이 이 어려운 사례를 맡는 건 처음이야. 수술은 내기가 아니야. 환자의 목숨이 걸려 있어. 잘 안 됐을 때 미안하다고 말로 끝낼 일이 아니지."

하나가키는 잠시 숨을 고른 뒤 말을 이었다.

"가혹한 간이식도 극복한 소년이야."

그 목소리에는 소년의 행보를 지켜본 의사의 억누를 수 없는 감정이 배어 있었다.

"몰래 대기하다가 아무 일도 없으면 그걸로 끝. 하지만 무슨 일이 있으면 거들라는 거죠?"

"그래."

"말로만 해결할 수 없는 사태라면 손을 대도 되나요?"

"당연하지."

하나가키의 대답은 명쾌했다.

"협착 담관 돌파는 자네가 잘하는 분야야. 너의 가이드 와이어 기술이 뛰어난 건 내가 제일 잘 알아. 필요하다고 생각하는 수단을 마련해도 좋아."

절대적인 신뢰의 말이다. 그럼에도 데쓰로는 여전히 경솔한 겸손도, 나약한 동요도 보이지 않았다. 그저 덤덤하게 되물었을 뿐이다.

"저는 의국 출입 금지를 당했어요. 히라이즈미 교수님이 허락하신 건 아니죠?"

"허락받을 시간이 없어."

"현장에는 니시지마도 있겠죠. 제가 대기하고 있다 들키면 선생님의 입지는 상당히 좁아질 거예요."

"그렇겠지."

"괜찮겠어요?"

"상관없어. 환자를 구할 1% 확률을 올리기 위해 난 모든 수단을 동원할 생각이야. 내 입장을 고려할 필요는 절대 없어."

흔들림 없는 기백에 찬 목소리다.

다시 찾아온 침묵 속에서 데쓰로는 시계를 쳐다봤다.

수술 시작까지 앞으로 한 시간 반.

데쓰로는 엉덩이를 들어 올리며 입을 열었다.

"지금까지 힘든 치료를 이겨 낸 아이예요. 여기서 죽게 내버려 둘 순 없어요."

"맞아."

"착한 아이인가요?"

데쓰로는 이상한 질문을 던졌다.

잠깐 침묵하던 하나가키가 대답했다.

"솔직하고 마음이 착한 아이야. 요리도 잘해. 얼마 전에는 직접 만든 시폰케이크를 내게 선물해 줬지. 내가 일을 너무 많이 한다고 걱정해 주더라고. 자기가 힘든 일을 겪고 있으면서도 의사의 몸 상태를 걱정해 주는 소년이야."

하나가키의 목소리에서 약간의 떨림이 느껴진다. 사실 2년 넘게 지켜봐 온 하나가키로서는 그조차 과장된 비유가 아닐지도 모른다. 데쓰로는 천천히 고개를 끄덕였다.

"거기는 한밤중이겠네요. 내일도 라이브가 있죠?"

"그렇지. 여기는 밤 11시 반이야. 라이브 진행은 내일이 마지막 날이고."

"그럼 푹 쉬세요. 걱정하지 마시고요."

데쓰로는 자료 뭉치를 책상에 되돌려 놓고 말했다.

"이제 제게 맡겨 주세요."

데쓰로는 평소와 다름없이 다정한 눈빛으로 스마트폰 속 하나가키에게 인사했다.

옆에 앉은 주조가 주위를 돌아보며 가만히 미소 짓는다.

전화 너머에서는 바로 답이 들려오지 않았다. 한참 뒤 "잘 부탁해, 파트너."라는 짧은 말과 함께 전화가 끊겼다.

하라다병원에서 대학까지 미나미의 차로 약 20분 정도 걸린다.

데쓰로는 조수석 의자를 뒤로 젖히고 머리 위에서 손을 깍지 낀 채 눈을 감았다. 옆에서 보기에는 한가롭게 낮잠이라도 자는 것처럼 보인다.

"감사합니다, 마치 선생님."

운전대를 잡은 미나미 입에서 무심코 그런 말이 튀어나왔다. 데쓰로는 눈을 감은 채 입을 열었다.

"미나미 선생이 고맙다고 할 일은 아닌 거 같은데?"

"그래도 감사합니다. 그렇게밖에 말을 못 하겠어요."

"별말씀을…."

데쓰로는 익살스럽게 맞장구쳤다. 그 모습만 보면 난치 환자의 어려운 수술에 입회하러 가는 길로 보이지 않는다. 미나미는 상대적으로 긴장한 자신이 엉뚱하게 느껴졌다.

그런 미나미를 안심시키듯 데쓰로가 말을 이었다.

"괜찮아, 미나미 선생."

"괜찮다고요?"

"지금까지 어렵게 지위를 쌓아 올렸으면서도 '내 입장을 저울질할 필요는 일절 없어.'라는 말을 할 수 있는 게 하나가키 씨야."

데쓰로는 오른손 주먹을 들어 왼쪽 손바닥을 탁 쳤다.

"그런 사람이 앞으로 더 높은 자리에 오르지 않으면 곤란하지."

차창 밖으로 오후 햇살에 비친 가모가와 강에 커플들이 점점이 앉아 있는 게 눈에 들어온다. 그 모습을 바라보는 데쓰로는 침착할 뿐만 아니라 어딘가 즐거워 보이기까지 한다.

이번 일로 미나미도 알게 된 것이 있다.

미나미가 보기에 하나가키와 데쓰로는 전혀 다른 유형의 의사였다. 성격도, 나아가는 길도, 그 길을 나아가는 방법도. 하지만 두 사람은 같은 방향을 보고 있다. 그게 무엇이냐고 묻는다면 간단히 대답할 수 없지만, 같은 방향을 향하고 있기에 견고한 신뢰감이 느껴졌다.

가와바타 거리로 들어서자 오른쪽에 거대한 하얀 건물이 보였다. 데쓰로는 라쿠토대학 부속병원의 문을 오랜만에 지났다. 조금 더 정확하게 말하면 대학 병원을 나온 지 3년 만이다.

"자….."

미나미의 귀에 데쓰로 중얼거림이 들려왔다.

ERCP는 내시경을 이용한 처치 중에서도 가장 특수하다. 커다란 내시경실 중앙에 내시경을 쥔 담당 의사가 서고 보조를 위한 여러 명의 조수가 그 주위를 에워싼다. 그것만으로도 이미 상당한 인원이 필요한데 내시경실 밖에도 인력이 필요하다.

내시경실 옆 커다란 유리 창문을 사이에 두고 엑스레이 장치가 있는 투시실이 보인다.

그곳에서 엑스레이를 방출해 담관과 이자관의 위치를 확인하여 내시경 의사와 연계하는 사람이 있어야 한다.

하라다병원처럼 작은 병원에서는 데쓰로 외에 간호사 몇 명이 조수로 붙고 엑스레이 장치는 방사선사가 조작하지만, 대학 병원에서 진행하는 어려운 사례라면 이야기가 달라진다.

소아 ERCP까지 가정한 특별한 내시경실에는 내시경을 쥔 아마부키 외에 전신마취를 담당하는 마취과 의사와 보조하는 젊은 의사들이 있다. 거기에 간호사도 있으니 환자를 둘러싸고 예닐곱 명이 서 있는 셈이다.

전임 강사인 니시지마가 옆 투시실에서 엑스레이 장치 조작을 맡기로 했다.

그의 뒤에도 외과, 마취과, 소아과 의사 여럿이 함께했다.

"대학이구나…."

투시실의 사람들 무리 뒤에 서서 그리운 듯이 중얼거리는 데쓰로에게 미나미가 바로 입술에 검지를 갖다 대 보였다.

처치와 관련된 의사와 간호사 모두 수술 모자와 마스크를 쓰고 눈만 내밀고 있다. 게다가 여러 과에 걸친 많은 인원 때문에 그 속에 같은 복장을 한 데쓰로가 섞여 들어가도 눈길을 끌 일은 없다.

다만, 긴장으로 가득 찬 투시실 내에 유유히 서 있는 데쓰로의 모습을 보는 미나미만 마음이 조마조마하다. 그러나 그런 미나미의 걱정 따위는 아랑곳없다는 듯 데쓰로는 여유롭게 의사들 사이에 섞여 유리창 너머의 내시경실이 보이는 위치까지 파고들었다.

"아마부키, 준비 상황은 어때?"

투시 장치의 조작 레버를 잡은 니시지마가 마이크에 대고 엄숙한 목소리로 말했다.

마르고 광대뼈가 튀어나온 니시지마는 유리창 너머의 내시경실로 신경질적인 시선을 향하고 있다. 원래 붙임성이 없고 눈매가 날카로워 쓸데없이 차가운 인상을 주는 인물이지만, 지금은 긴장이 어우러져 안색도 창백하다. 그도 의국의 전임 강사를 맡는 우수한 의사이지만, 대부분 임상이 아닌 연구로 실적을 쌓았다. 그렇기에 하나가키가 없는 지금 니시지마가 아닌 아마부키가 내시경을 쥐게 되었다.

"이쪽은 괜찮아요."

아마부키의 목소리가 스피커에서 들려왔다.

투시실에서는 아마부키의 등밖에 보이지 않지만 꽤 당당한 관록이 느껴진다. 키가 큰 그가 서 있는 모습이 어딘지 모르게 하나가키를 닮은 듯해 데쓰로는 피식 웃음이 났다.

"그건 그렇고 대단한 면면이네."

데쓰로가 옆에 있는 미나미에게 속삭였다.

"니시지마 뒤에 앉아 있는 건 외과의 부교수 단 선생님일 거야. 소아과도 전임 강사인 시노미네도 왔고, 마취는 젊은 유망주인 시치다가 하네."

몇 년 전까지 대학에서 일했던 데쓰로는 모든 의사들과 어느 정도 면식이 있었다.

부교수 단은 간이식 팀을 이끄는 민완 치프이고, 데쓰로와 동년배인 시노미네는 소아 소화기 분야에서 신중하고 끈질긴 진료로 정평이 난 여성 의사다. 유리창 너머에 선 시치다는 고령자부터 아이까지 자유자재로 마취할 수 있는 전도유망한 마취과 의사다. 일류들이 모인 것이다.

환자는 간이식 후 가끔 문제는 있어도 나름 건강하게 지내 온 소년이다. 의사들의 표정에서 위신을 걸고 회복을 목표하고 있다는 분위기가 전해진다.

데쓰로는 눈을 가늘게 떴다. 분명 하나가키가 이런 분위기를 만

들어 왔을 것이다. 대학이라는 곳은 각 과 사이의 벽이 높아 좀처럼 상호 교류가 이루어지기 어렵다. 그러나 각 과의 벽을 넘어 인재를 키우고 연결을 구축해 온 하나가키의 행적이 지금의 처치로 이어진 셈이다.

"마취 들어갑니다."

시치다의 목소리를 신호로 처치가 시작되었다.

몇 분 만에 환자의 바이털 사인이 안정된 것을 확인하자 아마부키의 내시경이 신속하게 움직이기 시작했다.

이윽고 내시경 화면이 크게 흔들리더니 이내 아홉 살 소년의 식도가 비친다.

"혈압, 호흡, 안정적입니다."

모니터를 보던 간호사의 목소리가 들렸다. 아마부키가 활용하는 내시경이 첫 번째 난관인 위를 손쉽게 뚫고 들어가 십이지장에 도달했다.

"움직임이 좋네…."

부교수 단이 중얼거렸다.

"우엽 그래프트인데 정말 대단해. 과연 하나가키 선생님의 제자로군."

단의 말에 니시지마가 같은 생각이라는 듯 고개를 끄덕인다.

"다음은 담관 확보다."

니시지마의 지시에 따라 움직이는 유리 너머의 아마부키는 침착한 모습을 보였다.

십이지장에 연결된 담관은 불과 수 mm밖에 되지 않는 관이다. 수 mm도 성인일 경우이니 아홉 살의 몸이라 더 가늘다. 그 가는 관에 약 2mm의 카테터를 삽입해야 한다. 그런데 노려야 할 담관 입구는 호흡과 맥박의 영향으로 끊임없이 움직인다.

조수인 의사가 카테터를 내밀자 아마부키가 오른손으로 받아 들었다. 내시경 화면에 가느다란 카테터가 나타나 담관 입구로 다가간다. 몇 분의 정적 끝에 투시실에 웅성거림이 퍼졌다. 안도와 칭찬이 담긴 웅성거림이다. 아마부키가 정확하게 담관을 확보한 것이다.

"대단하네요, 아마부키 선생님은⋯."

그 솜씨에 감탄하는 미나미에게 데쓰로도 끄덕인다.

"동의해. 하나가키 선배가 기대했던 대로야."

대답하면서도 데쓰로는 모니터에서 눈을 떼지 않았다. 정말 어려운 관문은 지금부터다. 여기서부터가 본 경기라고 해도 좋다. 실제로 담관 안으로 들어간 가이드 와이어는 그 끝에 있는 협착 부위를 뚫지 못하고 빙글빙글 담관 내에서 계속 헛돌기만 한다.

5분, 10분⋯.

긴장되는 시간이 하염없이 흘렀다.

아마부키가 가이드 와이어를 변경하고 각도를 바꿔가며 여러 가지를 조정해 보지만 사태는 조금도 진척되지 않는다. 담관의 막힌 부분을 뚫지 못하는 것이다.

그때 모니터에 비치는 담관 입구에서 돌연 선혈이 쏟아지는 게 보였다.

"출혈이야."

혀를 찬 니시지마가 안절부절못하고 허리를 들썩였다.

"바이털은 안정적입니다."

마취과 의사 시치다가 담담하게 말했다.

그 사이에 화면은 순식간에 더 붉어졌다. 가이드 와이어가 혈관을 손상시킨 것이다.

"수혈을 준비할까요?"

니시지마 옆에 있던 내과 의사가 작게 물었다. 니시지마는 정면에서 눈을 떼지 않은 채 잠시 아무 말 없다가 작게 고개를 끄덕였다. 내과 의사는 바로 방을 나갔다.

외과의 단은 팔짱을 낀 채 입을 꾹 다물고 있다. 하지만 그의 주위로 초조함과 동요가 파문을 만들며 퍼져 나갔다.

"출혈량이 꽤 많은 거 같군…."

"정맥일까요, 동맥일까요?"

"혈압은 어때?"

지시와 확인을 위한 속삭임이 교차하는 가운데 모니터를 응시하던 니시지마의 이마에 어느새 송골송골 땀방울이 맺힌다.

"야마부키, 협착 부위의 돌파는 어려울 거 같지…?"

"아닙니다, 시간을 조금만 더 주세요."

대답하는 아마부키의 수술 모자가 땀으로 흥건히 젖어 있다.

갑자기 환자의 맥박이 상승하며 날카로운 알람이 울렸다. 시치다가 "괜찮아요."라고 말했지만, 주위의 간호사들이 조금씩 동요하는 모습을 보인다.

의자에 앉아 있던 소아과의 시노미네가 살며시 일어나 단 쪽으로 움직였다.

"PTCD로 전환하도록 할까요?"

시노미네의 물음에 단은 대답하지 않는다.

"어려운 처치라 차선책이 있어야 할 것 같아요."

시노미네의 겁 없는 지적에 단은 눈을 한 번 감았다가 뜨더니 옆에 있던 젊은 외과 의사에게 시선을 돌렸다. 무슨 뜻인지 알아챈 외과 의사가 서둘러 발길을 돌려 나갔다. 천자 처치 준비를 시작한다는 의미였다.

일련의 흐름은 모니터를 노려보고 있던 니시지마에게도 전해졌다. 하지만 획기적인 해결법이 없었다. 상황에 별다른 변화 없이 5분이 더 지났을 때 니시지마가 마이크를 향해 말했다.

"췌장염의 리스크가 높아. 아마부키, 일단 카테터를 뽑자…."

"하지만…."

"아직 포기한다고는 안 했어. 다시 한번 이쪽에서 영상을 확인할게. 그대로 대기해."

니시지마는 이마의 땀을 닦으며 외과의 단을 돌아봤다.

'좋은 판단이야, 니시지마….'

데쓰로는 마음속으로 말을 건넸다.

ERCP는 단시간에 끝내는 중요한 처치이지만 때로는 멈춰 서는 것도 중요하다. 무턱대고 강행한다고 되는 처치가 아니다.

내시경실에서 아마부키를 비롯한 모두가 움직임을 멈춘 가운데 옆 투시실에서는 니시지마와 단이 중심이 되어 영상을 재검토하기 시작했다. 지난번에 하나가키가 처치했을 때의 사진을 확인하며 왜 같은 식으로 돌파할 수 없는지, 어떤 도구를 사용해야 하는지, 그밖에 다른 방법은 없는 것인지….

시간이 한정돼 있으니 할 수 있는 최대한의 회의에 주변 의사들도 머리를 맞댔다.

초조함, 조바심, 동요, 불안…. 그런 어두운 감정이 서서히 발밑에서 솟아오르며 의사들은 진창이 되어갔다.

그런 가운데 데쓰로는 조용히 내시경실 쪽으로 갔다. 미나미가 알아차리고 황급히 불러 세우려 했지만 데쓰로는 못 들은 척 그대로 내시경실로 들어갔다.

내시경실로 불쑥 들어온 데쓰로를 가장 먼저 마취과의 시치다가 알아보았다.

눈살을 찌푸리는 시치다의 반응에 데쓰로는 가볍게 손 인사를 건넸다. 그리고는 그대로 아마부키 바로 뒤에 서 있던 제1 조수의 어깨에 손을 얹었다. 아직 젊은 의사여서 데쓰로와 전혀 일면식이 없던 그 의사는 낯선 인물이 다가온 것에 당황해했다. 하지만 데쓰로의 조용한 시선에서 무언가를 느낀 듯 자연스럽게 자리를 양보하고 뒤로 물러났다.

아주 자연스러운 교대여서 투시실에 있는 어느 누구도 주의를 기울이지 않았다. 아니, 소아과 시노미네만 무언가 깨달은 듯 유리 너머로 이쪽을 바라보았다.

데쓰로는 아마부키 바로 뒤에서 입을 열었다.

"료쿠주안의 별사탕은 꽤 맛있었어, 아마부키."

귀에 익은 목소리에 놀라 고개를 돌린 아마부키는 옛 상사를 발견하고 숨을 삼켰다.

"처치 중이잖아. 모니터에서 눈을 떼면 안 돼."

아마부키는 황급히 모니터로 고개를 돌렸다.

"마치 선생님…?"

"아마부키의 조수로 서는 것도 꽤 오랜만이군. 반갑네."

어안이 벙벙한 아마부키와 달리 데쓰로는 침착했다. 옆 처치대에 손을 뻗어 카테터와 가이드 와이어를 하나하나 확인했다.

"저… 제가 잘못 본 게 아니죠?"

"제대로 봤어."

"그런데 어떻게…?"

"이유는 아무래도 상관없어. 지금은 환자에게 집중하자고."

차분하면서도 확고한 대답이었다.

아마부키는 심호흡을 하고 크게 숨을 내쉬었다.

"잘 안 돼요. 무리하지 말고 철수해야 할까요?"

"그건 안 돼."

데쓰로의 대답은 날카롭고 단호했다.

"이 환자는 더 이상 물러날 곳이 없어. 그러니까 지금은 물러설 타이밍이 아니야."

"하지만 출혈이 멈추지 않아요."

"출혈은 스텐트를 넣으면 멈출 거야. 결국은 협착 부위를 뚫을 수 있느냐 없느냐가 문제지."

"하지만… 지금은 내시경 시야조차 확보하기 어려워졌어요."

"그런가? 오른쪽으로 15도 돌려 봐."

갑작스러운 지시에 아마부키는 거의 반사적으로 내시경을 움직였다.

"오른쪽 앵글을 왼쪽으로 15도 풀면서 2cm 내시경을 밀어 넣고 살짝 업 앵글."

데쓰로의 담담한 목소리에 따라 아마부키가 내시경을 움직이자 혈액으로 새빨갛게 물들었던 시야가 분명해졌다.

아마부키는 물론 지켜보던 스태프들 모두 마법에 걸린 듯 모니터를 응시했다.

"혈액이 흐르는 방향을 의식하고 그것을 피하듯 거리를 두면서 정면을 보면 돼. 체구가 작은 환자야. 앵글 조작은 평소의 반으로 줄여."

말은 쉬워도 조작은 쉽지 않았다. 그 쉽지 않은 일이 구체적인 지시에 따라 실현되고 있었다. 환자의 장기 위치 관계를 3차원으로 완전히 파악한 데다 내시경의 움직임을 완벽하게 그릴 수 있기에 가능한 지시였다.

"어때? 이대로 철수하면 목숨을 구할 확률은 낮아져. 좀 더 노력해 볼 가치가 있다고 생각하지 않아?"

아마부키는 대답대신 고개를 끄덕였다.

어수선했던 내시경실의 분위기가 침착함을 되찾았다. 데쓰로에게 자리를 양보한 젊은 의사와 간호사들도 무언가 달라진 것을 피부로 느꼈다.

데쓰로는 환자의 머리 쪽에 서 있는 시치다에게 눈길을 돌렸다.

"앞으로 15분만 더 시간을 줄 수 있을까?"

"네. 걱정마세요."

시치다는 기쁜 기색으로 대답했다.

"이 아이의 목숨을 구할 수 있다면야 30분도 가능해요."

묻고 싶은 것이 태산일 텐데 최소한의 필요한 말로만 응하는 것이 역시 솜씨가 뛰어난 마취과 의사다웠다.

"출혈량도 현재로서는 괜찮아요."

이번에는 등 뒤에서 작은 목소리가 들렸다.

어느새 소아과 시노미네가 내시경실에 들어와 있었다. 데쓰로는 투시실로 힐끗 눈길을 돌렸다. 니시지마와 다른 사람들은 지금도 여전히 진지하게 논의 중이다. 시노미네는 슬며시 논의하는 자리에서 빠져나온 모양이다.

"지난번에 하나가키 선생님이 ERCP를 하실 때도 이 정도의 출혈은 있었어요."

"귀한 조언 덕분에 든든하네."

어깨너머로 돌아보는 데쓰로에게 시노미네는 그리워하는 듯 눈을 가늘게 떴다.

"잘못 본 게 아닌 모양이네요."

"오늘만큼은 잘못 본 거로 하세요."

시노미네가 데쓰로를 향해 미소 짓는데 갑자기 스피커에서 니시지마의 목소리가 들렸다.

"어떻게든 될 것 같은가? 아마부키."

니시지마가 피투성이였던 내시경 화면이 클리어해졌음을 알아채고 말을 걸었다. 니시지마를 둘러싸고 있던 의사들도 일제히 유리 너머로 주목했다.

"아까보다 시야가 많이 좋아졌는데, 만회할 수 있겠어?"

데쓰로가 아마부키의 귓가에 속삭였다.

"만회할 수 있다고 해 줘. 그리고 '내가 누군 줄 알아? 천재 의사

하나가키의 수제자다.'라고 한마디 해 주면 더 좋고."

옆에서 그 말을 듣던 간호사가 눈을 동그랗게 뜬다. 시치다는 웃음을 참느라 고개를 숙였다.

아마부키는 모니터를 노려본 채 큰 소리로 대답했다.

"네. 할 수 있어요. 한 번만 더 기회를 주시면 가능할 거 같아요, 니시지마 선생님."

"진짜 되겠어?"

"네, 됩니다. 어떻게든 하겠습니다!"

선언하듯이 외친 아마부키가 내시경을 고쳐 쥐었다.

시치다는 마취 장치를 향해 돌아섰다. 조수 의사와 간호사도 이미 제자리에 서서 데쓰로의 지시에 귀를 기울이고 있었다.

'좋은 긴장감이야.'

데쓰로는 천천히 한 번 심호흡을 했다.

준비를 마친 내시경실은 바람이 가라앉은 듯 조용해졌다. 위기감에 압박되어 숨이 막힐 듯한 정적이 아니다. 성가신 적을 맞아 싸우며 지금부터 반격하려는 순간처럼 고무된 기분을 누른 정적이다.

'이럴 때는 반드시 잘 돼.'

이것은 이론이 아닌 무수한 아수라장을 헤쳐 나온 자에게서 나오는 확신과도 가까운 직감이다. 이제 할 수 있는 일은 그저 앞을 향해 나아가는 것뿐이다.

데쓰로가 가만히 입을 열었다.

"아마부키, 할 수 있겠지?"

"네. 할 수 있어요, 마치 선생님."

아마부키는 긴장으로 이마에 맺힌 땀을 닦지도 않은 채 입술을 깨물며 마음을 다잡았다.

데쓰로가 가이드 와이어를 들고 환자를 중심으로 서 있는 사람들을 둘러보며 말했다.

"그럼 다들 시작할까?"

멈춰 있던 시간이 다시 움직이기 시작했다.

대학 의국이라는 조직의 가장 큰 특징은 견고한 위계질서다.

교수, 부교수, 전임 강사, 조교수에서 임상강사, 인턴, 대학원생으로 이어지는 신분제도는 일반 기업에서 볼 수 있는 다양한 직함을 달리 쓴 것처럼 보이지만 그렇지 않다.

이 제도는 의사의 행동을 명확히 제한하고 그들을 통솔하기 위한 교묘한 통치 시스템이다. 요컨대 위계질서가 초래하는 권력의 차이는 일반 기업보다 훨씬 크다. 정점에 선 교수가 가진 힘은 중세 전제국가의 국왕을 방불케 할 정도로 거대하다. 중세와 다른 점이 있다면 하극상이 일어날 수 없다는 정도다.

한번 교수가 되면 아무리 걸출한 부하도 경계해야 할 경쟁 상대가 되지 못한다. 교수가 두려워하는 유일무이한 천적은 '정년' 두 글자밖에 없다.

그런 제도는 라쿠토대학에서도 다를 바 없었다.

교수는 물론이고 부교수나 전임 강사 지위도 임상강사나 인턴들이 보기에는 구름 위의 존재와 같았다. 하물며 소화기내과에 입국한 지 3년 차인 미나미 마쓰리는 더 말할 것도 없었다. 아직 미나미는 교수실이나 부교수실은 물론이고 전임 강사실에도 발을 들인 적이 단 한 번도 없었다.

그래서 월요일 저녁에 갑자기 전임 강사실로 오라는 니시지마의 지시에 미나미는 그저 당혹스러울 뿐이었다.

"하라다병원 연수를 중지하라고요?"

그리 넓지 않은 전임 강사실에 미나미의 또랑또랑한 목소리가 울렸다.

미나미는 감정을 누르려고 했지만, 충분하지 못했는지 당혹스러움과 놀라움이 생각보다 분명하게 배어났다.

"결정이 아니고 어디까지나 제안이야. 미나미 선생."

니시지마는 오히려 미나미에게 압도된 듯 슬며시 창밖으로 시선을 피했다.

"제가 하라다병원에 가는 게 무슨 문제가 있나요?"

미나미의 물음에 니시지마는 잠깐 뜸을 들이더니 대답했다.

"문제랄 건 없지만 말이야. 선생님처럼 장래가 촉망된 젊은 의사가 일부러 갈 만한 병원은 아니지 싶어서."

억양 없는 말투가 싸늘했다. 그렇다고 특별히 언짢은 것도 악의가 있는 것도 아닌 것 같았다. 니시지마가 원래 험상궂게 생긴 데다 붙임성이나 사교성이 없어 쓸데없이 위압적으로 보인다는 것을 미나미도 알고 있다.

"물론 이 연수는 하나가키 선생님이 결정한 거니까, 내가 독단으로 결정할 문제는 아니지. 하지만 그런 작은 병원에서 배울 수 있는 건 한계가 있어. 나는 자네의 장래를 걱정하는 거야."

미나미는 진정하며 가슴을 쓸어내렸다.

데쓰로가 대학에 왔던 걸 들킨 건 아닌지 걱정했었다. 그런데 아무래도 니시지마의 용건은 그 일과는 관계가 없는 모양이다.

바로 어제, 데쓰로는 아마부키의 ERCP에 가세했다. 그로부터 하룻밤밖에 지나지 않았다. 처치가 끝난 후 아마부키가 조용히 현장에 있던 스태프들에게 이번 일은 비밀로 해 달라고 입막음해 두었다. 하지만 현장에서 아무리 큰 신뢰를 받는 아마부키의 말이라도 비밀을 완전히 막을 순 없는 법이다. 들키면 데쓰로는 물론이고 하나가키의 입장도 난처해질 것이다.

미나미의 뇌리에 어제 본 풍경이 선명하게 떠오른다.

담관 출혈로 어수선해진 의료 현장.

홀쩍 내시경실에 들어간 데쓰로.

갑자기 분위기가 달라진 직후의 정적과 고무.

다시 움직이기 시작한 내시경 처치는 그로부터 불과 약 15분 만에 종료되었다. 조수 데쓰로가 조종하는 가이드 와이어가 협착 부위를 돌파하고 스텐트를 삽입하는 데 성공한 것이다. 아마부키가 박수를 받는 사이 데쓰로는 슬쩍 내시경실을 빠져나갔다. 하지만 수술 모자를 깊이 눌러 쓴 그 인물에게 주의를 기울인 사람은 불과 몇 명 안 된다.

그 모든 일이 꿈 같았다. 미나미의 눈에는 정말 그렇게 보였다.

처치 받은 9세의 소년은 열도 내리고 오늘 오후부터 식사도 다시 시작했다. 경과도 양호했다.

저도 모르게 북받치는 기분을 주체하지 못하던 미나미의 귀에 니시지마의 담담한 목소리가 닿았다.

"자네처럼 젊은 의사들은 하나하나의 사례를 깊이 있게 철저히 배워야 해. 하라다병원에서 그게 가능하다고는 생각하지 않아. 별로 큰 처치도 없는 노인 병원이잖아."

니시지마의 말투가 살벌하기까지 하다.

미나미는 목구멍까지 올라온 불쾌감을 억지로 삼키며 조심스럽게 말을 골랐다.

"하지만 그곳에 계신 마치 선생님은 정말 많은 것을 가르쳐 주세요."

"문제는 그 마치라고!"

니시지마의 목소리가 커졌다.

"책임 있는 의국장 자리에 있었는데 갑자기 퇴국한 선생이야.

배우러 가는 건 의국으로서도 체면을 구기는 일이지."

니시지마는 들고 있던 펜 끝으로 책상을 탁탁 치면서 못마땅한 표정으로 계속 말했다.

"대학에는 마치보다 훌륭한 선생님이 많아. 하나가키 선생님뿐만이 아니야. 야마부키도 그 어려운 소아 ERCP를 훌륭하게 해냈어. 자네도 어제 봤잖아. 대학에는 그런 어려운 사례에 제대로 대처할 뛰어난 의사가 있어. 마치 선생이 감당할 수 있는 사례가 아니라고."

미나미는 어떻게 대답하면 좋을지 여러 가지 감정이 뒤섞이며 갈등했다.

곤혹, 안도, 우스움, 불만, 우려가 한꺼번에 몰려들었다. 모순되는 다양한 감각이 뒤섞여 수습되지 않았다. 그러나 여기서 진상을 밝히고 한 방 먹일 만큼 미나미가 어리석진 않았다.

"여하튼 이번 주말에 하나가키 선생님이 돌아오셔. 그러면 하라다병원 건을 상의해 볼 생각이야. 다 미나미의 장래를 위한 일이야, 알았지."

어느새 '미나미 선생'이 '미나미'가 되었다.

"뭐, 이 일은 다음에 더 얘기하자고."

니시지마가 말투가 다소 부드러워졌다.

"그것보다 내가 지난번에 했던 이야기의 대답을 아직 못 들었는데…."

니시지마의 날카로운 시선이 갑자기 힘을 잃고 허공을 맴돈다.

미나미가 머뭇거리는 사이에 그가 말을 이었다.

"그 뭐야…, 같이 식사 한번 하러 가지 않겠냐고 했었는데….."

그 말이 진심이었다는 생각에 미나미는 어찌해야 할 바를 몰랐다. 미나미는 그 일을 분명히 기억하고 있다.

니시지마는 분위기가 날카로워 다가가기 어렵지만, 연구자로서는 분명 유능하고 후배도 잘 돌보는 편이다. 학회에 갈 때 신경써서 미나미를 불러 준 적도 있다. 그때 식사 이야기가 나왔었는데, 단순히 예의상 한 말이라고 생각했다.

"그게, 감히 제가 선생님과 어떻게 식사를…."

"대답은 서두를 것 없어."

미나미의 거절을 가로막듯 니시지마가 덧붙였다.

"진지하게 생각해 봤으면 좋겠어."

미나미는 건성으로 들으며 전임 강사실을 나왔다.

"미나미, 괜찮아?"

미나미가 자리에 돌아오니 아마부키가 기다리고 있었다.

의국원들은 한 방에 예닐곱 명이 책상을 맞대고 사용한다. 저녁 7시가 넘은 시간이라 슬라이드를 만들거나 책상에 엎드려 자는 사람도 있다. 창가에 놓인 아마부키의 책상 주변에는 논문이 산처럼 쌓여 있었다.

"미나미, 안색이 안 좋아 보여."

"…그런가요?"

"니시지마 선생님이 어제 ERCP 건으로 부른 건 아니지?"

아마부키는 잔뜩 긴장해 있었다.

미나미가 다가가 속삭였다.

"그 일은 괜찮아요."

"그거 다행이네. 영 기운 없어 보이길래. 그렇다면 혹시 니시지마 선생에게 데이트 신청이라도 받은 거야?"

아마부키의 농담에 미나미는 그대로 볼이 경직되었다.

잠깐이 침묵 끝에 아마부키가 작게 숨을 내쉬었다.

"역시 그랬구나…."

"역시라뇨. 아마부키 선생님은 뭔가 알고 계시죠?"

"아니, 정확히 아는 건 아니고 대충 짐작만 할 뿐이야. 니시지마 선생님이 너를 마음에 두고 있다는 정도."

말문이 막힌 미나미에게 아마부키가 더 어이없다는 표정으로 물었다.

"전혀 몰랐어? 학회라든가 논문이라든가, 여러 가지로 챙겨 주셨잖아."

"그런 건 모두에게 똑같이 하시잖아요."

"똑같지 않거든. 큰 차이를 두지는 않지만 그래도 어딘가 달랐다고."

미나미는 느끼지 못했던 부분이다. 그래서 더 정확히 말해야겠다는 필요를 느꼈다.

"오늘 부르신 용건은 하라다병원 연수를 그만두면 어떻겠냐는 것뿐이었어요. 그 뒤에 식사 한번 하자고 하셨고요."

"그래서 OK 했어?"

"안 했죠!"

"왜?"

"뭐가 왜예요?"

영문을 알 수 없는 문답이 이어졌다.

가까운 자리에서 엎드려 자던 의국원이 하품하면서 상체를 일으켰다. 아마부키가 목소리를 죽이며 말했다.

"지위도 있고 명예도 있는 30대 중반의 독신 의사잖아. 일반적으로 봤을 때 조건이 상당히 좋은 상대 아닌가?"

어안이 벙벙해진 미나미는 할 말을 잃었다. 아마부키가 계속 말을 이었다.

"뭐, 약간 눈매가 안 좋고, 붙임성도 없고, 나 같은 갸륵한 후배에게 경쟁심을 드러내며 못되게 구는 비뚤어진 점은 있지만, 그렇다고 나쁜 사람은 아니야."

"칭찬 아니죠?"

눈살을 찌푸리는 미나미를 보고 아마부키가 웃었다.

"왜? 맘에 안 들어?"

"맘에 들고 안 들고의 문제가 아니에요. 저처럼 요령 없는 사람에게는 지위가 높은 선생님과 식사하는 게 어려운 일이라고요."

"그래? 그런데 나랑은 밥 먹으러 간 적도 있었잖아?"

"그거야, 아마부키 선생님과는 항상 같이 일하고 사이도 가까우니까요."

"가깝다…."

아마부키가 이내 의미심장하게 웃는다.

"그럼, 마치 선생님이 같이 밥 먹자고 하면 어떡할 거야?"

생각지도 못한 질문에 미나미는 할 말을 잃었다.

아마부키가 싱글거리면서 물었다.

"니시지마 선생님과 마찬가지로 단칼에 거절할 거야?"

"그건…."

"하라다병원에는 일주일에 한 번밖에 안 가니까 가까운 것도 아니잖아."

"지금 마치 선생님 이야기가 왜 나와요?"

미나미가 열심히 변명하면 변명할수록 아마부키는 신나는 모양이다.

"니시지마 선생님이 널 하라다병원에 못 가게 하려는 것도 그런 부분이 신경 쓰여서일 거야. 게다가 지금 나한테 하는 걸 보니 완전히 헛된 걱정도 아니네. 지금도 경쟁심을 불태우는 니시지마 선생님 때문에 오히려 아무것도 모르는 마치 선생님이 더 귀찮아지실 것 같은데 말이야."

순식간에 볼이 붉어지는 후배를 본 아마부키가 가까이 있던 논문을 집어 들고 부채질해 주었다.

"어찌 됐든 네가 하고 싶은 대로 해. 하라다병원에 가고 싶으면 가고 싶다고 말하면 돼. 나한테도 마치 선생님의 존재는 중요하지만, 너한테도 하라다병원은 중요한 장소일 테니까."

"저는 특별히….."

"다른 뜻은 없어. 하라다병원에 가게 된 후로 네 분위기가 조금 바뀐 것 같아. 의사로서 뭐랄까, 조금 부드러워졌어."

"부드러워졌다고요?"

"그래, 전에는 어떻게든 내시경 기술을 익히는 데만 필사적이었거든 그런데 지금은 더 멀리 내다보는 것 같아. 내 기분 탓일 수도 있지만….."

가까운 선배로부터 의외의 평가를 받은 미나미는 뭐라 더 할 말이 없었다.

아마부키가 달력으로 눈길을 돌렸다.

"내일이 화요일이니까 하라다병원에 가겠군. 마치 선생님께 어제 일에 대해 내가 진심으로 감사해한다고 전해 줘."

"다녀와도 되나요? 아직 하나가키 선생님이 미국에서 안 돌아오셨는데요."

"몇몇 의국원들은 오늘 밤에 귀국해. 그래서 내일 일은 괜찮아.

가능하면 내가 직접 가서 고맙다고 하고 싶은데….”

말하던 아마부키가 갑자기 감회가 새롭다는 듯한 눈빛으로 말했다.

“정말 대단했어.”

아부카기의 중얼거림에 감탄이 깃들어 있다. 미나미 역시 주마등처럼 지나가는 선명하고 강렬한 기억의 파도에 몸을 맡겼다.

화요일 점심시간이다.

무슨 일인지 하라다병원 의국이 요란한 소리로 떠들썩하다.

평소에는 아키시카가 말없이 비디오 게임을 하거나, 주조가 나른하게 홍차를 마시고 있을 시간이다. 그런데 주조가 화사한 목소리로 마침 외래를 마치고 의국에 올라온 데쓰로를 맞이했다.

“도대체 무슨 짓을 저지른 거야, 마치.”

깜짝 놀란 데쓰로는 눈앞에 펼쳐진 광경에 눈이 휘둥그레졌다.

의국 중앙의 커다란 책상 위에는 형형색색의 과자 상자들이 잔뜩 쌓여 있었다.

아키시카가 하나씩 손에 들고 설명하기 시작했다.

“여기 이 흰 상자는 가메야토모나가의 ‘고마루쇼로’, 이건 파티스리카란의 ‘니시가모치즈’, 무라카미카이신도의 ‘마들렌’이 두 상자에, 료쿠주안시미즈의 계절 한정 ‘군밤 별사탕’….”

모두 쟁쟁한 교토의 유명 과자들이다.

주조는 아키시카가 가게 이름과 상품명을 말할 때마다 눈을 반짝였다. 데쓰로가 다가가 과자를 손으로 짚으며 물었다.

"이게 다 뭐예요?"

"전부 마치 앞으로 온 거야. 완전 호화 세트라고."

"제 앞으로요?"

"아침부터 차례로 왔대. 보내는 사람이 전부 대학 관계자라서 원장님이 위험한 사례에 손을 댄 건 아닌지 걱정하셨어."

"위험한 일 안 했어요. 그건 그렇고 료쿠주안이 후배인 아마부키라는 건 알겠는데, 나머지는 도대체⋯."

"가메야토모나가의 고마루쇼로는 라쿠토대학 마취과 시치타라고 적혀 있네요."

맞은편에서 과자 상자를 열심히 들여다보던 아키시카가 한가로운 목소리로 소리 내 읽었다. 주조는 옆에서 들여다보며 환호성을 지르고 있다. 작은 흰 상자에는 팥소를 당밀피로 감싼 보기에도 사랑스러운 과자가 가지런히 담겨 있었다.

"마취과의 시치다 선생님이라고? 이거 엄청나게 정성 들여 만드는 과자야."

"파티스리카란은 소아과고, 카이신도는 외과인가요⋯?"

"뭐야, 마치. 조언만 하러 갔다면서 대단한 수확이네. 대학에 난입이라도 하고 왔어?"

"무서운 소리 하지 마세요."

쩔쩔매는 데쓰로를 보며 주조는 완전히 신이 났다.

"선물로 니시가모치즈라니. 센스 정말 끝내 준다. 소아과라고 했나?"

"아마 전임 강사 시노미네 선생님일 거예요."

"오케이, 난 이걸로 할게. 입에서 사르르 녹는 최고의 치즈 케이크. 유통기한도 며칠 안 돼서 쉽게 구할 수도 없다니까."

"그럼 저는 마들렌을 먹을게요. 카이신도는 분명 이케나미 쇼타로가 즐겨 찾던 가게죠."

외과 의사와 내과 의사가 자기들 마음대로 과자를 골랐다.

"잘 부탁드립니다."

과자로 입씨름하고 있는데 미나미가 들어오며 인사를 한다.

"어머, 이쪽저쪽 수고가 많아 마쓰리. 오늘부터 이쪽으로 복귀하는 거야?"

주조는 미나미를 여러모로 신경 쓰며 아꼈다. 그래서 '미나미 선생'으로 부르기보다 '마쓰리'로 부르며 친근감을 나타낸다.

"미국에 가셨던 선생님들이 몇 분 돌아오셔서 다녀와도 된다고 해서요. 이게 다 뭐예요?"

미나미가 테이블 위의 과자 뭉치를 가리키며 물었다.

"대학의 높으신 선생님들의 뇌물이야."

"뇌물이요?"

"마치의 성과물이지. 마쓰리는 현장에서 봤지?"

"네. 엄청난 광경이었죠."

미나미가 데쓰로에게 엄지를 세웠다.

"정말 대단했어요. ERCP가 안 돼서 모두 당황하고 있는데 마치 선생님이 몰래 들어가셔서…."

"추억 얘기는 나중에 해도 돼."

주조가 미나미를 말렸다.

"지금은 어느 것부터 먹느냐가 가장 큰 문제 아니겠어. 이 정도 급 뷔페는 좀처럼 없다고."

"저, 마치 선생님이 단것을 좋아하시는 게 그렇게 유명한가요?"

"그거야 그렇지. 단것을 바치면 아무리 귀찮은 일도 깔끔하게 정리해 주니까. 이렇게 단순한 내시경 의사는 없는걸."

"그건 아니에요."

데쓰로가 항의했지만 아무도 들어주지 않는다.

주조는 손짓으로 미나미를 불러 과자를 고르라고 했다. 이미 아키시카는 마들렌을 뜯어 입에 넣고 있다. 자신 앞으로 온 과자인데도 데쓰로는 끼어들 틈을 못 찾았다.

"좋은 일 하고 온 모양이로군."

나베시마가 어슬렁어슬렁 의국으로 들어왔다. 이제 막 외래가 끝난 것이다.

"대학에서 하나가키가 부재중일 때 생긴 문제였다며?"

"네. 하지만 저는 끝까지 내시경을 안 만졌어요. 하나가키 선배가 믿고 맡긴 의사가 잘해 내고 있었으니까요."

"하나가키가 사람 보는 안목은 탁월하지. 위기관리 능력도 탁월하고. 마치를 대기시켜 놓은 셈이잖나."

그런 의미에서 하나가키의 의뢰는 아주 절묘했다.

가이드 와이어 기술은 데쓰로가 가장 잘하는 분야다. 원래 ERCP는 내시경 의사 혼자 할 수 없는 처치라 제1 조수의 기량에 의해 결과가 크게 좌우된다. 병세를 잘 이해한 조수와 시술자의 호흡이 딱 맞으면 처치의 정밀도가 높아진다. 그걸 아는 데쓰로는 제1 조수로서 아마부키의 옆에서 가이드 와이어를 움직였을 뿐이다. 그 일이 사람의 생명을 살렸다.

ERCP가 끝났을 때 현장에 있던 의사들이 모두 아마부키를 향해 박수를 보냈다. 무뚝뚝한 표정의 니시지마도 감격한 모습으로 손뼉을 쳤다. 그 열광하는 소란 가운데 데쓰로는 슬그머니 빠져나온 것이다.

데쓰로는 갑자기 생각난 듯 말했다.

"아참, 원장님께서 단 선생님께 감사 인사를 전해 주세요."

"단에게?"

"주치의로서 상당히 스트레스를 많이 받았을 텐데 끝까지 말없이 지켜봐 주셨어요. 제가 그 자리에 있어도 문제삼지 않고 아무 말씀 안 하시고…."

"눈치 못 챈 거 아냐?"

"저도 조금 전까지 그렇게 생각했는데….."

데쓰로가 테이블 위로 눈길을 돌렸다.

"눈치 못 채셨다면 마들렌이 여기 있을 리 없겠죠."

"아, 그렇네."

나베시마가 걸걸한 목소리로 웃었다.

데쓰로가 현장을 떠날 때 시치타는 마취를 푸는 데 바빴고 시노미네는 멀리서 미소만 짓고 있었을 뿐이다. 단 한 번 눈길도 주지 않던 단이 자신의 역할을 눈치챘다는 데 데쓰로는 놀랐다. 역시 외과의 부교수는 한 수 위였다.

"수고했어."

나베시마의 무심한 토닥임에는 따뜻한 응원이 담겨 있었다.

"리스크를 무릅쓰고 달려가도 박수갈채를 받는 건 다른 의사일 뿐. 마치는 아무 득이 없군. 실력을 대학에서 인정받지도 못하고."

"이제 와 남의 평가를 기대하지 않아요. 저도 마흔이 다 되어 가는 아저씨예요."

"사십이 되어서도, 오십이 되어서도, 다른 사람에게 인정받고 싶은 건 인간의 천성 아니겠어? 아무도 눈치채지 못하게 그늘에서 덤덤히 어떤 일을 해낼 수 있는 인간은 그리 많지 않아."

"아무도 눈치채지 못하긴요. 실제로 과자 상자가 이만큼이나 왔잖아요."

"그렇군."

나베시마가 겸연쩍게 웃는다.

"게다가 하나가키 선배에게는 신세를 많이 졌고요. 제가 퇴국한 후에 가장 힘들었던 건 그 사람이에요. 그런데도 아무런 불평도, 푸념도 하지 않고 류노스케 걱정까지 해 줬어요."

"걱정한 건 류노스케가 아니라 미덥지 못한 보호자였겠지."

그럴 수도 있다. 그래도 데쓰로가 하나가키를 존경하는 마음에는 변함없다. 그러기에 하나가키가 더 높은 곳으로 오르는 사다리를 잡아주는 역할이라도 해 주고 싶은 게 사실이다.

"이참에 대학으로 돌아가고 싶어진 건 아니고?"

갑작스러운 물음에도 데쓰로는 놀라지 않는다.

"뜬금없네요."

"뜬금없기는. 나는 항상 걱정한다고. 마치 선생은 우리 병원에 꼭 필요한 인재지만 이 작은 병원에 언제까지고 묶어 두는 게 옳은지 나도 모르겠어. 만약 자네가 대학으로 돌아가고 싶다면 나는 말리지 못해. 어려운 문제지."

너무나도 솔직한 원장의 말이었다.

"나는 솔직히 지금의 의료는 과하게 분업화되어 있다고 생각해. 병의 종류에 따라 담당 의사가 다른 건 말할 것도 없고, 외래 환자가 입원하면 주치의가 바뀌고, 수술은 또 다른 높으신 의사가 나오고, 왕진은 왕진 전문의가 나타나지. 환자로서는 의사도 병원도 계속 바뀌니 어지럽지 않겠어? 물론 시대는 세분화와 전문화를 권장하지만 나는 조금은 예전으로 되돌리고 싶어."

"되돌린다고요?"

"외래에 가거나 입원해도 같은 의사가 진료해 줄 수 있으면 환자도 안심되겠지. 가능하면 계속 진찰해 온 의사가 왕진하거나 임종을 지키는 의료 말이야. 이 하라다병원은 그게 가능하지. 시대에 역행하기에 이익을 내기 어렵지만 말이야. 그래도 환자에게 '안심'이란 가장 중요한 걸 제공할 수 있어. 이것이 내가 이 병원을 이끄는 가장 큰 이유야."

원장이 진지하게 자신의 신념을 이야기하는 것은 처음이다.

"이건 내가 생각한 게 아니야. 하라다 이사장님이 한 말을 전한 거야."

"하라다 선생님이 그런 말씀을 하셨어요?"

데쓰로는 병원 경영을 주 업무로 하는 하라다 햐쿠조를 만날 기회가 없었다. 가끔 이른 아침이나 저녁에 병원 앞 화단에 물을 주는 모습만 보는 정도다.

"유유자적 사는 영감이지만 마음은 굉장히 뜨거운 사람이야."

나베시마는 믿음직한 어른을 잘 알고 있다는 듯 듬직한 미소를 지었다.

데쓰로가 대학에서 일할 때는 바빠서 환자의 얼굴을 좀처럼 보지 못했다. 그러다 하라다병원에 온 뒤 갑자기 시야가 바뀐 이유는 최첨단에서 일반 병원으로 옮겼기 때문이라고 생각했다. 그런데 그게 아니었다. 가능한 환자의 얼굴을 마주하려는 원장과 이사장의 확고한 이념 때문이었다. 분명 시대에 역행한 이념임에도 불안한 마음에 사로잡힌 환자에게 '안심'을 제공하는 일은 의료의 '세분화'나 '전문화'만큼이나 중요한 일이 아닐까. 데쓰로의 생각은 깊어졌다.

"그렇다고 계속 있으라는 말은 아니야. 한동안은 여기 있어 달라고 부탁하는 거지."

꾸밈없는 말투의 나베시마가 호쾌하게 웃는다.

데쓰로는 천천히 고개를 끄덕였다.

"마치 선생님!"

간호과장 쓰치다가 소리치며 계단을 올라왔다.

"여기 계셨어요?"

쓰치다는 숨을 몰아쉬었다.

"어디 계신 지 한참 찾았어요. PHS를 깜빡하셨어요."

쓰치다가 내민 PHS를 보고 데쓰로가 황급히 가운의 주머니에 손을 넣었다. 항상 오른손에 닿아야 할 물건이 정말 없었다.

"이런, 죄송해요. 뜻하지 않게 쓰치다 씨를 운동시켰네요."

"그건 괜찮아요. 그보다 경찰서에서 연락이 왔어요."

아직도 숨을 헐떡이며 쓰치다가 덧붙였다.

나베시마가 가볍게 눈썹을 치켜세웠다. 주조과 미나미는 깜짝 놀라 한 걸음 쓰치다에게 다가섰다. 겨우 숨을 고른 쓰치다가 이어 말했다.

"쓰지 씨가 돌아가셨대요."

데쓰로는 어깨가 축 늘어졌다.

"쓰지 신지로 씨가 자택에서 돌아가셨습니다. 확인하러 와 주실 수 있겠습니까?"

전화기에서 들려오는 경찰의 말에 데쓰로는 눈을 감았다.

시조경찰서의 경찰은 사무적인 말투로 발견 경위를 설명했다.

쓰지는 매일 아침 정해진 시간에 집에서 나와 파친코에 가는 게 일상이었다고 한다. 그랬던 그가 갑자기 이틀 정도 모습이 보이지 않아 걱정된 이웃이 집에 찾아갔더니 현관의 열쇠가 열려 있었고, 안에 들어가 보니 다다미 여덟 장 크기의 방에서 피를 토한 채 쓰러져 있는 쓰지를 발견했다는 것이다.

주소를 확인해 보니 병원 바로 근처라 걸어서 갈 수 있는 거리였다.

전화기를 내려놓은 데쓰로는 미나미를 쳐다보았다.

"검시를 해야 할 거야."

"검시요?"

"우리에게 적잖이 인연이 있는 사람이야. 같이 가겠어?"

미나미는 말로 대답하지 않고 조용히 일어섰다.

쓰지의 집은 병원에서 두 개 거리를 건너 골목에 있는 오래된 목조 건물이었다. 병원에서 도보로 몇 분밖에 걸리지 않았다. 처음 병원에 실려 왔을 때도 인근 마트에서 피를 토하고 쓰러졌으니 병원 주변이 쓰지의 생활권이었을 것이다.

골목에 들어서니 좁은 거리에 두 대의 경찰차가 사이렌도 울리지 않고 서 있다. 녹슨 철계단을 올라가 바깥 복도를 따라간 안쪽 집 앞에 키 큰 경찰이 보였다. 데쓰로가 이름을 대자 경찰이 경례한 다음 방으로 안내해 주었다.

데쓰로는 난잡하게 신발이 굴러다니는 문간에서 챙겨온 의사 가운을 입고 장갑을 꼈다. 좁고 길쭉한 주방과 다다미 여덟 장 크기의 일본식 방이 전부인 좁은 공간. 아무렇게나 벗어 던진 옷과 쌓아 올린 잡지, 마구잡이로 흩어진 빈 캔맥주 등으로 어수선하다. 거기에 경찰 몇 명이 사진을 찍거나 서류를 기재하며 꽤 시끄럽게 돌아다닌다.

안쪽에 놓인 책상 가까이 다가간 미나미가 걸음을 멈췄다. 검게 굳은 혈액 덩어리 위로 쓰러진 쓰지 씨를 본 것이다.

"오랜만이군요, 마치 선생님."

벽 쪽에 서 있던 키 작은 중년 경찰이 둥근 몸을 내밀었다.

데쓰로는 가볍게 인사를 나누고 표정이 굳어 있는 미나미에게 소개했다.

"시조경찰서의 하마후쿠 경사님이야. 이 일대의 사건은 도맡아 하시지."

251

"제가 항상 신세를 지고 있죠."

하마후쿠가 몸을 돌려 길을 내주자 데쓰로는 쓰지 옆에 무릎을 꿇었다. 하마후쿠가 다가가 말을 이었다.

"환자의 주머니에 하라다병원의 진찰권이 들어 있었어요. 문의 했더니 선생님 환자라고⋯."

"알코올성 간경변증으로 통원 중이던 분이셨어요."

"그렇군요. 옆집 주민이 신고했는데, 발견했을 때는 이미 몸이 경직되어 있었죠. 아마 사후 이틀 정도 지난 거 같아요."

"토혈이네요."

"맞아요. 간경변증이라면 정맥류 파열이라는 건가요?"

하마후쿠는 경험이 많은 경찰답게 진단명까지 입에 올렸다.

데쓰로는 굳어진 쓰지의 몸을 간단히 진찰했다. 쓰러지기 직전 까지 스낵 과자라도 먹었던 것일까. 작은 테이블 위에는 먹다 만 감자칩 봉지가 놓여 있다. 검게 굳은 핏덩이는 다다미 위에 상당 한 범위로 퍼졌고, 그것을 베개 삼아 쓰러진 쓰지 씨의 입 주위에 도 검붉은 혈액이 달라붙어 있었다. 처절한 광경 가운데서도 쓰지 씨는 눈을 감고 잠이 든 듯 표정이 온화해 보였다. 피가 없었다면 졸고 있는 듯이 보였을 것이다.

데쓰로는 무릎을 꿇은 채 옆에 서 있는 미나미를 올려다보았다.

"어떻게 생각해? 미나미 선생."

갑작스러운 물음에 미나미는 조심스럽게 대답했다.

"토혈로 쓰러졌다면 식도정맥류가 다시 파열된 것 같아요. 출혈량이 많으면 구급차를 부를 여유도 없이 의식을 잃는 사례도 있을 수 있다고 생각해요."

"그러게…. 외상이 있는 것도 아니죠? 하마후쿠 경사님."

"없어요. 방 안이 엉망이 된 기색도 없고요. 뭐 이 모양이니 엉망이 아니라고는 할 수 없지만 도둑이 들어와도 가져갈 만한 물건도 없어요."

두 명의 경찰이 쓰지 씨의 소지품을 조사하고 있는데 TV부터 벽장에 이르기까지 특별히 파괴되거나 쓰러진 물건도 없다. 쓰지 씨가 통원할 때 항상 들고 오던 숄더백은 벽에 매달려 있었다. 경찰이 낡은 가방에서 지갑과 담배를 꺼냈는데, 거기에 약이 든 흰 봉지가 섞여 있는 광경이 묘하게 선명하고 강렬했다.

미나미가 울컥하며 손으로 입을 막았다.

"밖에 나가 있을래?"

데쓰로의 제안에 미나미가 고개를 저었다.

데쓰로는 쓰지 씨의 마른 어깨에 살며시 손을 얹었다. 돌처럼 차고 딱딱해진 어깨다.

"이런 일이 생기지 않도록 응급 내시경도 힘썼는데…."

"선생님이 열심히 치료한다고 해도 어쩔 수 없는 환자도 있겠죠. 하물며 술꾼이라면 마음에 두실 거 없다고 생각해요."

하마후쿠가 딱 잘라 말했다. 경찰 나름의 배려였는지 모르지만 그래서 쓰지 씨의 죽음이 더 안타깝게 느껴졌다.

"제대로 약을 먹고 있었는지도 알 수 없지 않나요?"

"약은 잘 챙겨 드셨을 거예요. 다만 생활 보장을 거부하시던 분이라서요."

"생보를 거부했다고요?"

동그란 얼굴의 하마후쿠 눈이 휘둥그레졌다.

"별난 사람이었군요. 아무튼, 마치 선생님, 병사로 처리하면 되려나요?"

데쓰로가 일어나면서 대답했다.

"지난주 외래에서도 진찰했고 토혈이라면 기저 질환으로 설명할 수 있는 경과예요. 사인은 식도정맥류 파열일 겁니다."

"알겠습니다. 진단서는 병원으로 가지러 갈게요. 이번에도 잘 부탁드립니다."

카메라를 들고 있던 경찰이 하마후쿠를 불렀다.

데쓰로와 미나미는 바쁜 경찰들을 뒤로하고 쓰지 씨 집에서 나왔다. 의사의 일은 병사로서 타당한지 아닌지를 판단하는 것이다. 쓰지 씨의 경우에는 고민할 여지가 없었다.

현관 앞에서 장갑을 벗자 기다리고 있던 경찰이 재빨리 쓰레기 봉투를 열어 수거했다. 의사 가운을 벗고 문 하나를 통과했을 뿐인데 비일상에서 단숨에 일상으로 돌아간다.

좁은 바깥 복도 너머로 오후의 햇살에 비친 낯익은 골목과 마을 풍경이 펼쳐진다. 조금 기울어진 낡은 판자 울타리, 처마 밑에서 흔들리는 포렴, 삼색으로 빙글빙글 도는 이발소의 기둥 간판…. 뺨을 어루만지며 스치는 미지근한 바람마저 평온한 일상을 알려 준다.

이마에 손을 댄 데쓰로의 마음에는 처음 쓰지 씨가 실려 왔을 때의 응급 외래 풍경이 떠올랐다. 들것 위에서 "돈이 없는데. 그래도 괜찮아?"라고 말했던 게 불과 3개월 전의 일이다. 그 후 다시 토혈로 실려 왔지만 겨우 목숨을 건지고 퇴원했다가 지난주에 또 외래에 왔었다. 쓰지 씨의 시간이 너무나 빠른 걸음으로 지나갔다는 생각이 든다.

"이대로 놔둬 주면 안 되나요, 선생님?"

그렇게 쓴웃음을 던지며 말하던 쓰지 씨였다. 그의 표정을 떠올리자 문득 데쓰로는 의심이 든다.

'쓰지 씨는 일부러 구급차를 안 부른 건 아닐까…?'

보통은 갑자기 토혈하면 만사 제쳐 두고 바로 구급차를 부른다. 그런데 감자칩 봉지 옆에 휴대전화가 그대로 놓여 있었다. 손을 뻗은 기색도 없었다. 무엇보다 흥건한 혈액 위에 쓰지 씨가 위를 보고 누워 있던 것이 걸렸다. 토혈로 옆으로 넘어진 쓰지 씨가 천천히 한 번 뒤척여 스스로 똑바르게 누운 것으로 보인다. 단번에 혈압이 떨어져 의식이 없어졌을 가능성도 있지만, 너무 평온하던 쓰지 씨의 얼굴이 그렇지 않았을 가능성도 떠올리게 한다. 확인할 수 없지만 쓰지 씨라면 충분히 그랬을 것이다.

데쓰로가 작게 숨을 내쉬고 아파트 복도를 걸어 나가려는데 뒤에서 하마후쿠가 불렀다.

"마치 선생님, 보여 드려야 할 게 나와서요."

밖으로 나온 하마후쿠가 누렇게 변한 면허증을 내밀었다.

"저한테요?"

"뭔지 모르겠지만….."

노련한 경찰이 말끝을 흐렸다.

쓰지가 가지고 다니던 기한이 만료된 면허증이다. 면도도 하고 산뜻한 옷차림을 한 쓰지의 옛 사진이 피투성이로 실려 온 모습과 차이가 커 똑똑히 기억하고 있다.

"지갑 안에 들어 있었어요. 현금도 들지 않은 지갑에요. 아무래도 뒷면에 휘갈겨 쓴 글이 선생님께 보내는 것 같아요….."

면허증을 뒤집은 데쓰로는 한순간 숨이 컥 막혔다.

—고맙습니다 선생님—

겨우 여덟 글자다. 면허증 뒷면에 볼펜으로 꾹꾹 눌러 쓴 여덟 글자가 떨리는 듯한 필체로 적혀 있다. 군데군데 닳아서 거의 끊긴 부분도 있지만, 잘못 읽을 수 없는 여덟 글자가 좁은 패선에서 튀어나올 정도로 큰 글씨로 쓰여 있었다.

—고맙습니다 선생님—

짧은 메시지가 쓰지 씨의 목소리로 바뀌어 데쓰로의 귀에 메아

리쳤다.

쓰지 씨가 하얀 책상 너머에서 서투른 미소를 짓고 있었다. 그리고 두 손을 책상에 대고는 고개를 깊이 숙인다.

"선생님이 계신 곳에서라면 어디든지 나는 안심하고 갈 수 있을 것 같아요."

쓰지 씨의 환청이 들려온다. 들쭉날쭉 적힌 큰 글자는 쓰지 본인처럼 쓸쓸함을 머금고 단정하게 웃고 있다.

'그리 급하게 갈 것도 없었는데….'

자꾸만 여덟 글자가 번져 보여서 데쓰로는 살며시 눈을 감았다.

이런 느낌은 참으로 오랜만이다.

의사로서 지금까지 많은 사람의 임종을 지켜봤다. 그러는 가운데 남겨진 가족으로부터 감사 인사를 들은 적은 많다. 하지만 죽은 사람에게서 인사를 들은 적은 처음이다.

"들고 다니는 지갑에 든 게 전부예요."

쓰지 씨는 그렇게 말했었다. 면허증 뒷면에 가지고 있는 재산 내역을 써놓겠다며 웃었지만, 금액이 아닌 여덟 글자만 추가한 이유는 이런 사태를 예상했던 까닭이다. 운이 좋으면 전달되겠지만, 알아채지 못하면 그래도 상관없다는 의도다. 정말이지 쓰지 씨다운 태도와 마음이 아닐 수 없다.

"보기 드문 일이네요."

냉정하던 하마후쿠의 목소리도 어느새 촉촉이 젖어 있다.

"본래 고독하게 죽은 사람들은 대체로 세상에 대한 원망과 분노, 여하튼 나쁜 감정을 가지는 법이죠. 죽은 후에도 그 얼굴을 보면 바로 알 수 있어요. 그리고 방 안에는 원한 같은 정체 모를 뭔가가 떠돌아요. 그러다 보니 제 부하 중에는 그런 감정에 휩쓸려 한동안 우울해하고…."

잠시 말을 멈춘 하마후쿠가 둥근 턱을 쓰다듬더니 말을 이었다.

"그런데 지갑 속에 그런 따뜻한 말을 품고 죽을 수 있다는 건 행복한 일이 아닐까요? 제 표현을 어떻게 받아들이실지 모르겠지만 이런 죽음은 부러울 정도입니다."

하마후쿠의 말에 문간에서 쓰레기봉투를 들고 있던 경찰이 공감한다는 듯 힘차게 고개를 끄덕인다.

데쓰로는 다시 한번 면허증을 봤다. 그리고 잠자코 미나미에게 건넸다. 면허증을 받아 든 미나미는 눈을 휘둥그레 뜬 채 한동안 아무 말도 하지 못했다.

이윽고 입가에 손을 대고 눈을 지그시 내리깔며 중얼거리듯 말했다.

"고맙습니다, 선생님. 참 좋은 말이네요."

미나미의 말에 하마후쿠도 집 쪽으로 눈길을 한 번 보냈다가 중얼거리듯 말했다.

"정말 부러울 정도야."

그러더니 하마후쿠는 오른손을 쓱 들어 데쓰로를 향해 경의를 표한다는 듯 경례했다.

"또 잘 부탁드립니다."

하마후쿠 뒤에 서 있던 젊은 경찰도 재빨리 상사를 따랐다.

데쓰로는 묵례로 답하고 경찰들에게서 등을 돌렸다.

데쓰로와 미나미는 쓰지의 자택에서 병원까지 말없이 걸었다. 햇살이 중천을 지나고 조용한 바람이 흘렀다. 돌아오는 길은 때때로 자동차와 스쿠터가 가끔 지나칠 뿐 너무 조용했다.

병원에 다다르자 의사 가운을 겨드랑이에 낀 데쓰로가 말했다.

"미안해, 미나미 선생. 첫 검시였을 텐데, 정신이 없어서 아무런 지도도 못 했네."

"괜찮아요."

대답한 미나미는 곧바로 말을 이었다.

"데려가 주신 것만으로도 많은 공부가 됐어요. 선생님 덕분이에요."

"감사할 만한 일은 아무것도 안 했어. 쓰지 씨가 뜻밖의 책사여서 정말 놀랐어. 처음 왔을 때도 갑작스러웠지만 떠날 때도 아주 갑작스럽네."

미나미는 작게 고개를 끄덕였다. 하고 싶은 말이 많았지만 지금 자신의 마음을 전하기에 적당한 말을 찾을 수 없었다. 그래서 여러 가지 생각을 삼키며 침묵했다. 예의상 감사하다고 한 말이 아니었다. 하지만 말을 거듭한다고 해서 전해지지는 않을 것이다.

　의사가 된 지 4년여. 그 대부분을 대학 병원에서 지낸 미나미에게 데쓰로를 둘러싼 의료 세계는 놀라울 정도로 이질적이었다. 그런데 이질적이지만 이상하지는 않았다. 분주한 나날의 밑바닥에 영문 모를 고요함이 존재했다. 그 정적 속에서 홀로 멈춰 서서 끊임없이 사색하는 데쓰로의 모습이 이제는 미나미의 눈에 선명하게 보인다.

　"쓰지 씨에게 나는 최선을 다한 걸까? 나는 그런 생각은 하지 않으려고 해."

　데쓰로가 계속 말했다.

　"잘한 거라고 자신 있게 말해 주고 싶지만, 그만큼 의료란 건 쉽지 않고 내 마음도 강하지 않아. 그러니 내가 해 줄 수 있는 말은 언제나 한 가지뿐이야."

　데쓰로는 높고 맑은 하늘을 올려다보았다.

　"정말 고생 많으셨습니다."

　짧은 말이 하늘로 올라갔다.

　데쓰로는 눈을 가늘게 뜬 채 움직이지 않았다. 여름과 가을이 녹아 하나로 섞인 계절의 틈새 바람이 두 사람 사이를 스친다. 어디선가 희미하게 자전거 벨 소리가 울렸다가 멀어져 갔다.

　"나는 말이야, 미나미 선생."

　데쓰로가 고개를 바로 세우며 입을 열었다.

"의료라는 것에 큰 기대도 희망도 갖고 있지 않아."

미나미는 당황하지 않았다. 그저 잠자코 귀를 기울였다.

"의사가 이런 말을 하면 안 되겠지만, 의료의 힘이란 정말 미미한 것이라고 생각해. 인간은 덧없는 생물이고 세상은 끝까지 무자비하고 냉혹해. 나는 그 사실을 여동생의 임종을 지켰을 때 정말 뼈저리게 느꼈어."

잠시 입을 다문 데쓰로는 깊은숨을 내쉬며 말을 이었다.

"그렇다고 무력감에 사로잡혀서도 안 돼. 그걸 가르쳐 준 것도 여동생이지. 세상에는 어찌할 수 없는 일이 산처럼 넘치지만 그래도 할 수 있는 일은 있다고 말이야."

데쓰로의 담담한 목소리가 조금씩 힘을 더해간다.

"사람은 무력한 존재이기 때문에 서로 손을 잡지 않으면 금세 무자비한 세계에 잡아먹혀 버리지. 손을 맞잡아도 세상을 바꿀 수는 없겠지만 풍경은 바꿀 수 있어. 캄캄한 어둠에 잠시 작은 불이 켜지는 거야. 그 불빛은 분명 똑같이 어둠에 갇힌 누군가에게 용기를 북돋아 주지. 그렇게 만들어진 작은 용기와 안심을 사람들은 '행복'이라고 부르는 게 아닐까."

언젠가 차 안에서 미나미가 들었던 그 말이 들려왔다.

"착각하면 안 돼, 미나미 선생. 의료가 아무리 발전해도 사람이 강해지는 게 아니야. 기술에는 사람의 슬픔을 극복할 힘이 없어. 용기나 안심을 약국에서 처방할 수 있는 것도 아니지. 그런 것을 꿈꾸는 사이에 자신이 가지고 있던 행복은 순식간에 사라지고 말아. 우리가 할 수 있는 일은 뭔가 다른 거야. 잘 설명할 수는 없지만, 분명 그건….”

데쓰로가 다시 하늘을 올려다보았다.

“어둠에서 얼어붙는 이웃에게 외투를 걸쳐 주는 일이야.”

신비로운 말이었다.

미나미는 가만히 선 채 천천히 가슴속에 흘러넘치는 생각을 입 밖으로 낼 수 없었다. 말로 표현할 수 있는 것이 아니었다. 먹먹했던 가슴이 훈훈해지면서 진정 아름다운 사람의 냄새가 풍겨 왔다.

데쓰로가 자기 머리를 헝클어뜨리며 겸연쩍게 말했다.

“미안하게 됐어. 내 기분에 취해 조금 어려운 이야기를 하고 말았네.”

데쓰로의 얼굴에 쓴웃음이 떠올랐다.

“앞으로 의학을 배워갈 젊은 선생에게 이야기할 내용이 아닌데 말야. 무슨 연유에서인지 자네랑 있으면 말이 많아져.”

미나미는 고개를 크게 흔들었다.

미나미는 데쓰로가 하는 말을 모두 이해하기에는 아직도 자신이 모르는 것이 많다는 생각이 든다. 하지만 정말 중요한 이야기를 하고 있다는 것만큼은 확신을 가지고 말할 수 있다.

데쓰로가 서 있는 곳은 스포트라이트가 비추는 화려한 무대는 아니지만, 그 발밑은 언제나 부드러운 빛으로 물들어 있었다. 그가 걸어간 길에는 점점이 불이 켜지고, 그 빛이 다른 누군가를 이끌고, 또 새로운 빛을 만들어 내는 게 틀림없다. 쓰지가 따뜻한 말을 남기고 간 것처럼.

미나미는 데쓰로의 시선을 따라 하늘을 올려다보았다.

10월의 옛 수도에는 아직 여름이 눌러앉아 있지만 맑고 청명한 하늘에는 벌써 가을의 기운이 엿보인다. 앞으로 한 달이 지나면 히가시야마나 기타야마는 능선부터 차례로 가을빛으로 물들 것이다. 아름다운 색채는 이윽고 고다이지의 경내나 도게쓰쿄의 기슭, 철학의 길 모두 혹독한 계절을 앞둔 마지막을 장식할 것이다. 곧 아름다운 계절이 찾아온다.

"저는 선생님 밑에서 계속 배우고 싶어요."

미나미의 또랑또랑한 목소리가 골목길에 울렸다.

"앞으로도 잘 부탁드립니다."

미나미는 골목길 한가운데서 고개를 깊숙이 숙였다.

데쓰로는 성실한 후배가 듬직했다.

"벌써 가을이네."

데쓰로는 쑥스러운 듯 어울리지 않는 말을 내뱉었다.

히가시야마의 능선에 솔로 쓸어낸 듯한 운하가 천천히 흐르고 있었다.

10월 중순, 끈질기게 시내를 굽던 무더위도 드디어 물러나고 병원 앞 화단은 대상화와 모란이 주역이다.

그날 오전의 마지막 외래환자가 도리이다.

"혈압 160이라고? 봐, 딱 좋잖아, 선생님."

데쓰로의 외래 진료실에 도리이 젠고로의 걸걸한 목소리가 울려 퍼진다.

도리이는 여전히 강한 위압감을 풍기며 높은 혈압을 자랑하는 듯 가슴을 쫙 폈다.

"160은 높은 거예요."

"너무 내려가면 안 되잖아."

"너무 내려가지 않았어요. 160이면 동맥경화부터 뇌경색, 심근경색의 리스크가 커져요."

"그런 무서운 이야기만 할 건 없죠."

"조금만 더 내리면 상당히 안전해져요."

"조금만?"

"조금만요."

데쓰로는 같은 대화를 되풀이하며 내복약의 양을 아주 조금 늘리는 처방을 내렸다. 도리이가 진료실에서 나가자 쓰치다가 찾아와 수고했다고 말을 건넨다.

"약을 조금 더 늘리는 데 성공하셨네요."

"어쩐지 약을 강매라도 한다는 듯이 말하네요."

"그런가요. 선생님이 고생하시는 거 알고 있으니까요."

누구보다 전후 사정을 잘 아는 쓰치다의 대답만 들어도 묘한 안정감이 느껴진다.

"일단 오전 외래는 이걸로 끝이에요. 오후에는 왕진 가시죠?"

"네. 오늘은 오카자키에서 요시다야마 쪽까지 돌아야 해요. 세 사람입니다."

"이마가와 씨도 있죠."

역시 간호과장 쓰치다는 잘 파악하고 있다.

"어때요, 이마가와 씨의 상태는?"

"생각보다 안정적이에요."

췌장암이 발견된 이마가와의 경과를 처음에는 한두 달로 예상했다. 하지만 이후 신기할 정도로 변화가 없어 자택에서의 생활이 이어지고 있다.

"집이 편안해서일까요?"

"그런 측면도 있지요."

담담하게 대답하는 데쓰로에게 특별한 이념은 없다. 이마가와의 장남 고이치로는 "서두르지 말라."라고 데쓰로가 말한 덕분이라고 했다. 부디 그랬으면 좋겠다는 생각이다. 물론 의사의 예상 따위는 들어맞지 않는다.

"마치 선생님, 손님 오셨어요."

접수처 여직원이 데쓰로를 호출했다.

고개를 돌리니 진찰실 출입문으로 낯익은 선배가 들어오는 참이다. 라쿠토대학의 부교수 하나가키다.

"여, 마치, 잘 지냈지?"

하나가키가 손을 흔드는 모양이 유쾌해 보인다. 데쓰로는 거의 반사적으로 질린 듯한 표정이 된다.

"막 외래를 끝난 기가 막힌 타이밍에 찾아오셨네요. 병원 정보가 새는 건가?"

데쓰로는 투정 섞인 말투로 하나가키에게 대든다.

"아니 난 그냥 접수처에 마치 선생 시간표 좀 알려 달라고 상냥하게 부탁했을 뿐이야."

"그나저나 이런 대낮에 찾아왔다는 건 뭔가 급한 게 있다는 건데요. 뭐죠?"

"역시 내가 신임하는 의사답군. 정답이야."

둥근 의자에 털썩 앉은 하나가키는 가방에서 영상 CD를 꺼내 테이블 위의 단말기에 세팅했다. 근무처 병원 단말기가 아닌데도 기계 작동에 아주 능숙했다.

하나가키가 미국에서 돌아온 지 2주가 지났다.

귀국한 하나가키는 특별히 달라진 기색도 보이지 않고 필요에 따라 하라다병원으로 찾아왔다. 새삼스레 감사의 말을 하거나 신경을 쓰는 기색도 없다. 데쓰로가 대학을 떠날 때 데쓰로의 사죄나 감사 인사를 일절 받아들이지 않았던 태도와 똑같았다.

데쓰로도 9세의 ERCP 소년의 경과를 세세하게 묻지 않았다. 미나미의 말로는 퇴원한 소년이 의사와 간호사들을 위해 쿠키를 산 더미처럼 구워 왔다지만, 데쓰로는 자세히 물을 생각이 없다.

두 사람의 관계는 서로 필요하면 손을 내밀고 묵묵히 도움을 건네는 그런 사이다.

"이번에는 꽤 재미있는 사례인데 말이야."

하나가키는 빠른 손놀림으로 키보드를 두드려 영상을 열었다. 부교수는 어려운 사례일수록 '재미있다'라고 표현하는 나쁜 버릇의 소유자였다.

데쓰로는 한숨을 크게 쉬며 주머니의 약통 속에서 별사탕을 꺼내 입에 넣었다. 진한 녹차 맛은 다 먹은 지 오래고, 지금 들어 있는 것은 아마부키가 새로 보내 준 계절 한정의 군밤 맛이다. 밤의 고급스러운 단맛을 눈이 번쩍 뜨일 정도로 구수함이 감싸고 있다. 설탕 과자의 개념을 뛰어넘는 강렬한 맛이 특징이다.

"아, 참. 미나미 선생의 연수 일은 잘 해결됐어요?"

데쓰로는 미나미의 이야기를 아마부키에게 들었다. 전임 강사인 니시지마가 하라다병원 연수를 중지시키고 싶어 한다는 이야기였다. 데쓰로는 그 이유가 짐작되었다. 그런 작은 병원에서의 연수는 의미가 없다고 했을 것이다.

"웬일이야. 하기 싫어하던 젊은 의사들의 연수에 이젠 의욕이 생긴 거야?"

말하면서 불쑥 내민 하나가키의 손바닥에 데쓰로는 통을 기울어 별사탕을 두 개 떨어뜨려 주었다.

"그러게요. 미나미 선생이 우리 병원에 계속 와 주면 좋겠어요. 본인도 이곳에서 계속 연수하고 싶다고 했고요."

"괜찮을 거야. 퇴국한 지 몇 년 가까이 지났어도 의국에는 아직도 마치 데쓰로의 이름을 기억하는 의사가 많아. 마치가 받아주면 보내야 한다고 나만 말하는 게 아니거든."

"다행이네요."

별사탕을 쩝쩝거리며 중얼거리며 말하는 데쓰로를 하나가키가 품평이라도 하는 듯한 묘한 눈빛으로 바라본다.

"뭐예요? 그 이상한 눈빛은?"

"아무것도 아니야. 다만, 미나미가 요즘 보기 드물 게 고지식한 친구잖아. 갑자기 너와 미나미가 일 이외에 어떤 대화를 할까 궁금해져서 말이야."

"질문의 의도가 뭐예요?"

데쓰로가 시큰둥하게 되물었다.

"마치가 서른여덟이고 아마 미나미는 서른이 좀 안 됐지? 뭐… 나이 차이는 허용 범위인가? 그런데 공통된 화제가 없을 테니 따분한 내시경 얘기만 할 것 같군."

"내시경 얘기하려고 일부러 여기까지 오는 거잖아요. 걱정하실 필요 없어요."

"아냐, 걱정돼. 미혼이면서 아이라도 생긴다면 내게 얼마나 큰 걱정거리겠어."

"그렇게 멋대로 말하면 지금 나갈 거예요."

위협적인 표정을 짓는 데쓰로에게 하나가키는 비닐봉지가 든 작은 상자를 툭 내려놓았다. 봉지 사이로 보이는 포장지에는 '기타노 명물'이란 다섯 글자가 적혀 있다.

"이건?"

"조고로모치."

"와우!"

"여섯 개들이야. 필요 없나?"

"필요 없다고는 하지 않았어요."

이미 데쓰로는 오른손을 상자로 뻗어 있다. 하지만 아무렇지 않은 척하고 있어도 부자연스럽기 짝이 없다.

"주는 건 받겠지만 왠지 더 불안해지네요. 설마 두 살짜리 ERCP는 아니죠?"

"그런 터무니없는 말은 안 해. 내장 역위 환자의 ERCP야."

데쓰로도 할 말을 잃었다.

"역위요? 내장의 좌우 위치가 역전된 사례인가요?"

"그래, 심지어 완전 역위야. 경험 있어?"

"위내시경 검사와 대장 내시경 검사는 해봤어요. 꽤 느낌이 이상했죠. 블랙 잭 만화에도 그런 이야기가 나오죠. 물론 외과 수술 얘기였지만요."

"맞아, 있었어. 나도 기억해. 충격적인 에피소드였지."

하나가키가 모니터에 CT와 MRI 영상을 띄우면서 말을 이었다.

"지난번처럼 대학에 와 달라는 얘기는 아니니까 걱정하지 마. 영상과 데이터를 보고 의견만 주면 돼."

"당연하죠. 다시 내시경실에 숨어들었다가는 정말 내 명에 못 살 겁니다."

"불평은 그만해. 가쓰라기 편집장이 맛있는 스키야키 가게를 알려 줬어. 이번에도 류노스케도 데리고 가서 한턱낼 테니까."

"정말이죠?"

데쓰로가 중얼거리는 사이에 어느새 쓰치다가 차를 끓여와 두 사람 옆에 두고 갔다.

하나가키가 낯선 각도로 주행하는 담관 영상을 보여 주자 데쓰로가 화면 앞으로 몸을 살짝 내민다. 허름한 진찰실이 금세 최첨단 의료 회의실로 변신한다.

"어떻게 생각해?"

"성가시네요."

"그렇지?"

데쓰로는 영상을 응시한 채 조고로모치의 상자를 열어 한 개 집어 들었다.

"하지만 뭐, 어떻게든 될 것 같아요."

"내 생각에도 그래."

두 내과 의사 사이에 찰떡같은 호흡이 오간다.

따스한 초가을 햇살이 창밖에서 쏟아져 들어오고, 산들거리는 바람이 부드럽게 커튼을 흔든다.

데쓰로는 새하얀 떡을 한 입 베어 물었다.

얇고 부드러운 떡의 피가 스르르 명주실이 풀리듯 늘어나고 나면 뒤따라 팥소의 고급스러운 단맛이 퍼진다. 절묘한 풍미에 몸을 맡기듯이 데쓰로는 눈을 살짝 감았다.

가을바람을 타고 샤미센의 희미한 음색이 들려왔다.

나쓰카와 소스케 장편소설
스피노자의 진찰실

펴낸날 2024년 12월 10일 1판 1쇄

지은이 나쓰카와 소스케
옮긴이 박수현
표지 그림 이가라시 다이스케
펴낸이 이종일
디자인 바이텍스트

펴낸곳 알토북스
출판등록 1978년 5월 15일(제13-19호)
주소 경기도 고양시 덕양구 청초로 66 덕은리버워크지산 B동 2007호~2009호
전화 (02)719-1424
팩스 (02)719-1404
이메일 genie3261@naver.com

ISBN 979-11-988539-2-9 (03830)